U0909674

本无天定方容易　真到人为始自然

作者谭柏生演出照

作者简介

谭柏生

字启攀，别署阆风堂，网名老生不谈，湖南茶陵人。研究生学历。中华诗词学会会员，中国教育学会会员，湖南省书法家协会会员，湖南省孔子学会理事。现为影珠吟社副社长、嘤鸣诗社副社长。

书法家简介

龙建新

中国教育学会书法教育专业委员会会员，湖南省书法家协会会员，株洲市青年书法家协会副主席。

彭小沙

中国书法家协会会员，中国硬笔书法协会理事，湖南省书法家协会会员，湖南省硬笔书法协会副主席。

谭大庆

中国书法家协会会员，浙江省青年书法家协会创作委员会委员，宁波市书法家协会理事，宁波市书法家协会书法创作委员会副主任。

闾风堂诗草

谭柏生 著

CFP
中国电影出版社
2024 · 北京

图书在版编目（CIP）数据

半山亭云：阊风堂诗草/谭柏生著.--北京：中国电影出版社.2024.8

ISBN 978-7-106-05592-9

Ⅰ.①半… Ⅱ.①谭… Ⅲ.①诗集—中国—当代 Ⅳ.①I217.2

中国国家版本馆CIP数据核字（2024）第031563号

责任编辑：张 霞
装帧设计：云上雅集
责任校对：腾 森 贺一鸣
责任印制：孙 杉

出版发行 中国电影出版社（北京北三环东路22号）邮编：100013
电话：64296664（总编室） 64216278（发行部）
64296742（读者服务部） E-mail：cfpbjb@126.com
印 刷 长沙市精宏印务有限公司
版 次 2024年8月第1版 2024年8月湖南第1次印刷
开 本 880mm ×1230mm 1/16
印 张 13
字 数 140千字
定 价 98.00元

自序

山水知音在　清弦自可弹

我未曾想过结集著述，自知所作，难登大雅之堂；更未曾想当诗人，毕竟文字写作虽是生活方式之一，但非全部，也不是受“横琴无俗子，羞于做诗人”古话的影响。我只是崇尚诗性生活而已。诗乃性灵，是性情，唯仁者性情皆俱。诗可通过各种方式得以表达，无须拘于一格。人生百态，唯真而动，唯善而行，唯美而崇，本无“命由天定，运在人为”的道理。人生如诗，亦讲究起承转合，神籁自韵。人生亦如登山，绝顶为峰不是目的，脚为笔，上躬下挺，书写无悔人生，过程才最美。当我们纵身跃入山海，就会感叹自己只不过是“沧海一粟”。

我初学诗词，质量不够只好数量来凑，可惜数量也不够，但多少才算够？矛盾之余，自选删剩百余首，以为略存鸿爪雪泥之意，敝帚自珍，乞正于方家。趁半百年岁，半山亭憩问月，结个小集，画个逗号，以便走好人生的下一程吧。

诗在，书在，家就在。

同时，我谨以此书献给母亲。

一、缘起：清泉先得月　老树更着花

虽往事不可追，但故事可忆则留，检点行囊，是以备忘，让岁

月沉淀。

我 1970 年生于云阳山下，长于茶水河之畔。记得儿时开门则可见远山，近则可在清悠茶水河里嬉玩。纵使阅尽人间万山，也难以忘怀家乡的山水。我与诗词书法结缘，想必从小学开始，因受语文老师影响。他喜好书法对联，且可左右挥毫、有正反字书写技法，我很好奇并很快学会，长大后才得知书家普遍认为左右书写属“江湖戏要”，或称为不入流的技艺。但，对此观点我不曾理会，并一笑置之，毕竟长江黄河，终归入海。我对写字画画、对联及谜语情有独钟，每逢春节家里撰写对联之事自然少不了我的参与，起初，我只是抄写对联，初中时，我开始自撰对联。

至于家世，追根溯源，耳闻能详者，只能从儿时祖母日常唠叨中，追忆有关祖父的几个故事。祖父星景（1903—1959）生于晚清，长于民国时期，毕业于长沙长郡联立中学，算是当时少有读书之人。他毕业后供职于浙江台州温岭，担任捐税股长，新中国成立后从事教育工作。为追寻祖父足迹，我于 2021 年 4 月 18 日专程到温岭，并在大溪方山书院游玩时有作一首：

樵路凭余力，汲泉向此间。
白云应解意，先我到方山。

家父福荀（1946—　）小学四年级文化程度，手艺人，吃百家饭，喝百家水。母亲刘氏（1950—2017）生三子。我为长子，1994 年大学毕业后分配到福建厦门工作，十年后迁回老家湖南，在长沙置业创业生活至今。自我成家后，母亲就跟随我东奔西走，水送山迎，任劳任怨，因此积劳成疾，早早离我们而去。2017 年 8 月 11 日，我携病重母亲到武汉就医，游玩鹦鹉洲有感而作一首：

风蝉露下自鸣秋，丝柳晴川鹦鹉洲。

赚得羁人多少泪，千帆难载一江愁。

每逢想起，历历在目。

二、启程：何如行者意　山水有真经

相逢或为结束，或为开始。我们且要珍惜生命中的每一次遇见。2013 年 3 月，我与颜同学趁公事之余偕游于凤凰古城。午后闲来无事，便泛舟沱江。片刻，忽闻一阵酒香，转眼望去，原来是江岸桃花酒坊传来。一时兴起，我们便移舟打上几两桃花醇酿，两人边饮边聊，泛舟欣赏沱江美景，随着几口桃花美酒下肚，突然颜同学诗兴大发，随口拈来“桃花酒”诗一首：

翠鸣桥头饮清露，轻荡湖心叠漾波。
雾作经来风作纬，一力挥洒笼山河。

2017 年 11 月 25 日，我再次到凤凰古城，自吟一首《沱江风月》应之：

流光影里醉香风，爱侣依依月下逢。
多少缠腰偎面客，同舟可否梦相同。

自此之后，便激发了我学习传统文化及诗词的念头。随后几个月，我便开启探源之旅，怡情山水，先后去了湖笔之乡善琏、茶乡武夷山、陶瓷之都景德镇、歙砚产地婺源、太极之乡陈家沟，习诗词、练书法、学古琴等，2014 年开始有感而发创作了一些诗词。从此，我一发不可收拾，寻山登山，叩门问岳，不亦乐乎。

三、问岳：诗山有梦云中宿　学海无涯此问津

读书万卷，不如读人读山，因书乃经人深思熟虑后而作，而人不一样，总可读其不经意之间，得其意料之外。春秋几度无风雨，史笔何当有江湖？山不语无言，故读山则读己。有幸生逢诗坛盛世，开门即可见山，极目群峰，求教请益，幸得良师高人诸如周笃文、刘庆云、王邦建、陈志明、熊东遨等诗词大家指点，受益匪浅，感荷莫名。

记得2016年3月29日，在陈志明老师的引荐下，我首次在长沙县的安沙拜会了恩师周公笃文先生，对他的第一印象：气质儒雅，温和谦逊，学识渊博，风度翩翩。短短半日相处，我们就有一见如故、相逢恨晚之感。自此后，恩师每次回乡，作为后学的我常有幸能侍奉左右，接受其耳提面命。同年10月21日，周老第二次回乡途中兴作两首：

八十光阴指一弹，同携白首喜眉间。
故家景物桃源似，掷笔高吟动万山。

辽鹤归来路未迷，影珠翠色透重衣。
回塘野菊开三径，疑似羲皇上古时。

这令我记忆深刻，尤为受教：诗词须具忧患意识、悲悯情怀，宜放飞想象、点燃激情。因此，我开始诗海泛舟，更是不畏浮云。

2017年8月，我专程到京拜望恩师，受到恩师的热情款待。他邀约在京的数位师兄师弟，并一同前往大觉寺追忆张伯驹先生，烹茶煮茗，吟咏诗文，后编成《四宜堂雅集》以记之。

2017年12月23日，影珠书屋正式落成。因家母病危，故未能亲临现场。2018年4月27日，影珠吟社在任弼时纪念馆正式成立。同年8月13日，在朱中柱老师的引荐下，我拜会了影珠吟社

顾问熊东遨先生。10月7日，我正式纳入忆雪堂门下。12月2日，忆雪堂同门编《鞭影集》新书发布会在广州云山诗意成功举办。

2019年1月11日，我拜会影珠吟社顾问刘庆云先生，幸获赠大作《绿烟楼吟稿》《绿烟楼诗词散论》。

2020年12月22日，恩师周笃文为后学赐斋号“阊风堂”并题字。

2022年春节，周老题赠藏头联：

柏树干霄天象直

生涯满眼地机圆

2022年，恩师周笃文八十八寿辰之时，本人奉桃以贺，恩师即兴作一首《谢柏生惠桃》：

柏生贤友古真人，去住随心不染尘。

惠我仙桃如斗大，诗情涌动发高吟。

杯茗浅语堪回味，不啻温情赠晚秋。

继往开来，人生何处？世间山水路。许我千峰雪，还君万里诗。

人生哪有定位？且行且缺且补也。风雨当下，是为序。

上山修竹，下山种田；闲时小隐，忙时大千。

故人万里，一梦千年；缘起缘灭，朝花夕烟。

固知洞里，闻道花前；风雨当下，茶煮新泉。

谭柏生

2023年9月20日于岳麓山下

真如檜柏屹長天鉄幹
剛心孰比堅宏毅雍容
聞氣象更兼子女與妻賢

贈柏生賢契
湘羅周篤文

原中国新闻学院教授、中华诗词学会顾问周笃文赠题诗书法作品

閶風堂

汨羅周篤文并書

原中国新闻学院教授、中华诗词学会顾问周笃文赐斋号“阊风堂”并题写

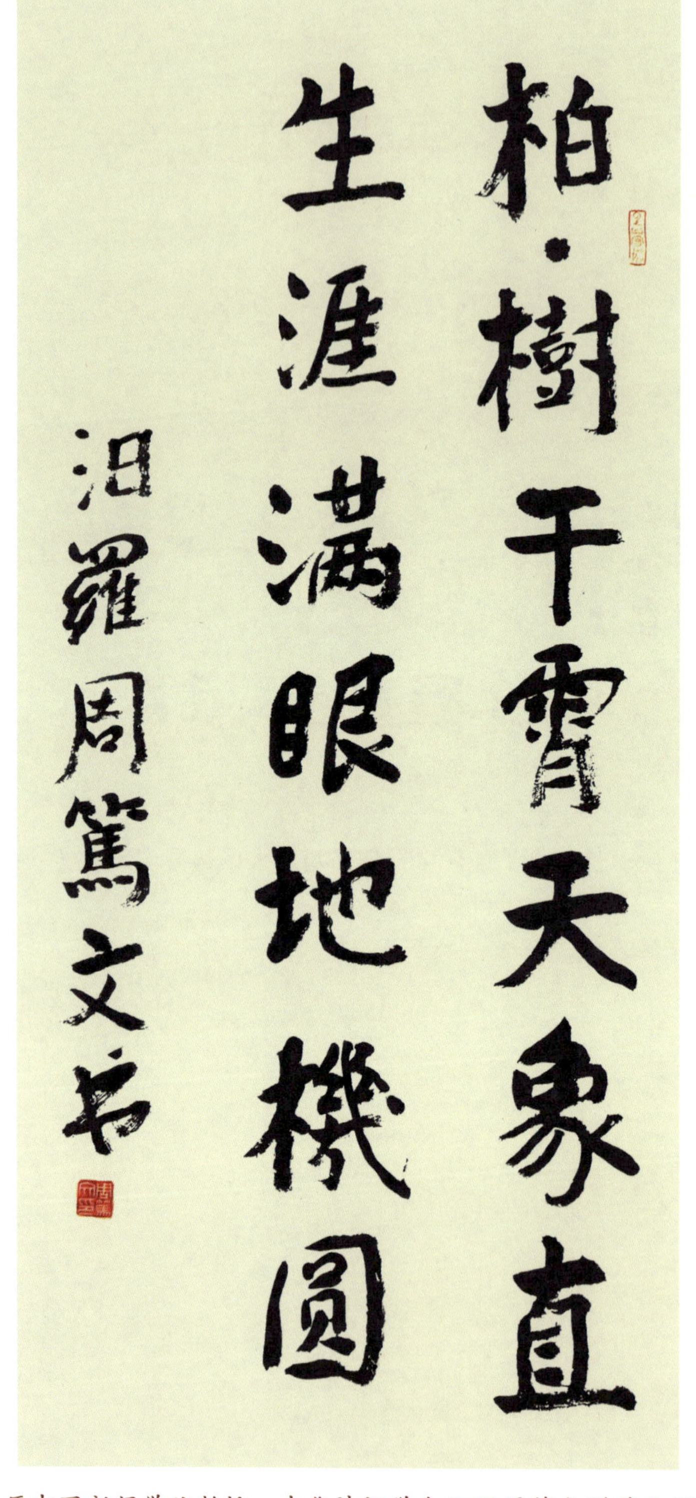

原中国新闻学院教授、中华诗词学会顾问周笃文赠藏头联

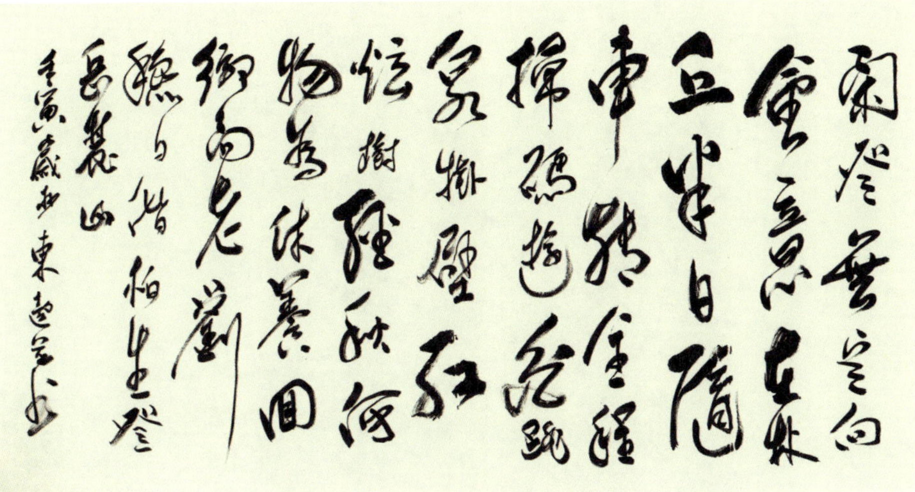

著名诗人熊东遨赠题诗书法作品

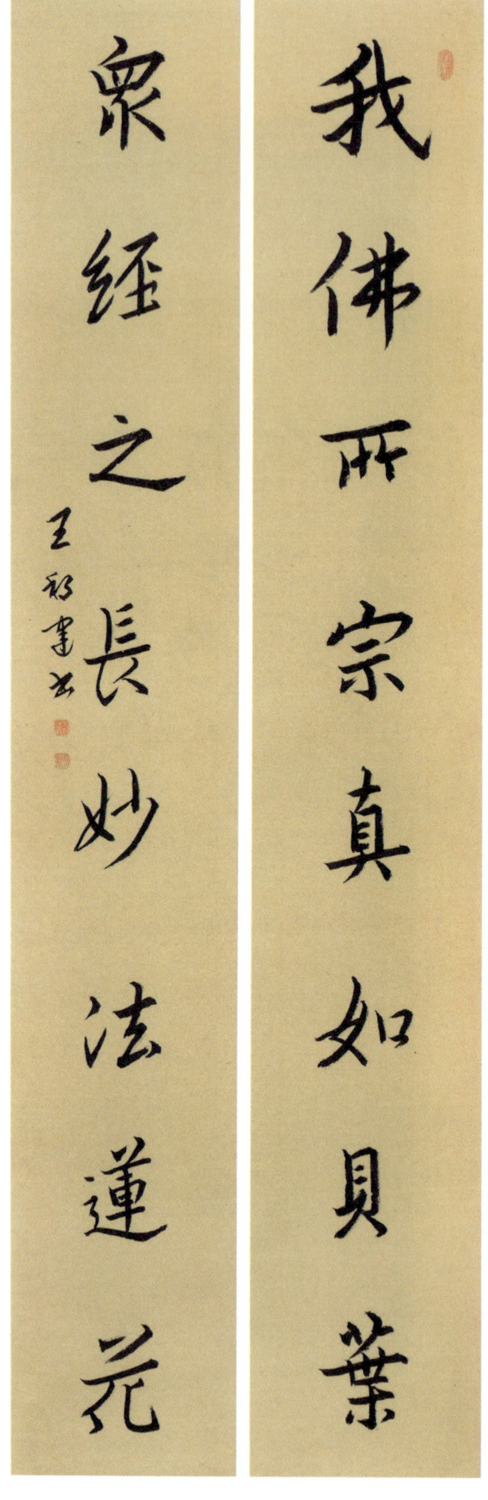

著名诗人王邦建赠书法作品

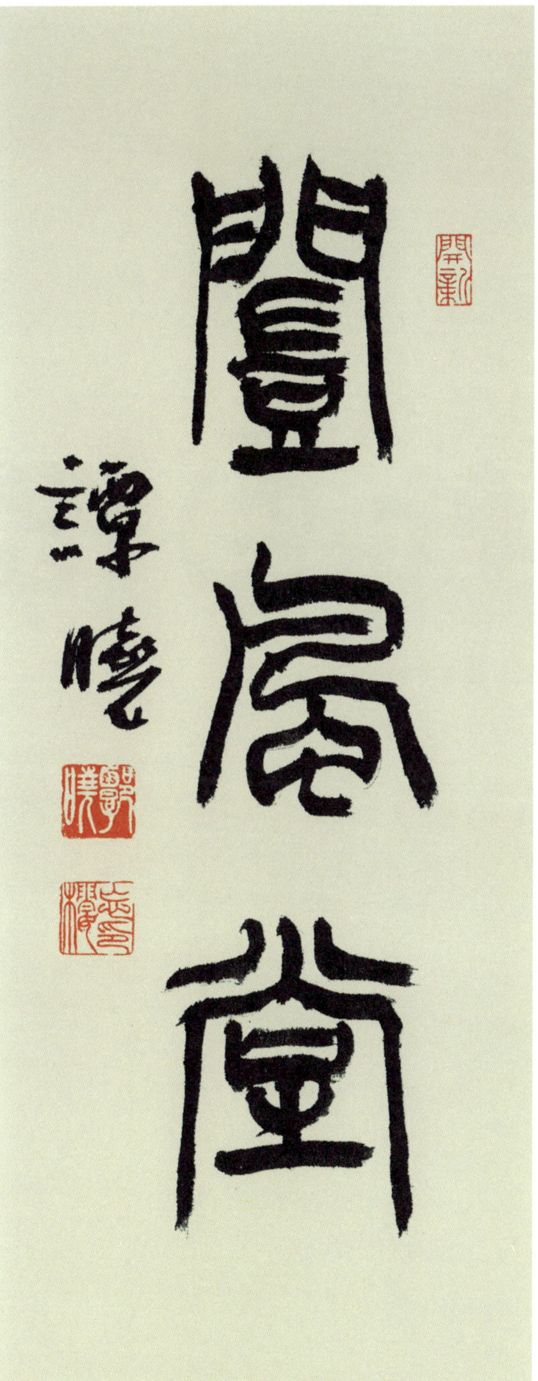

书法篆刻家谭晓为本书作者治印并题斋号

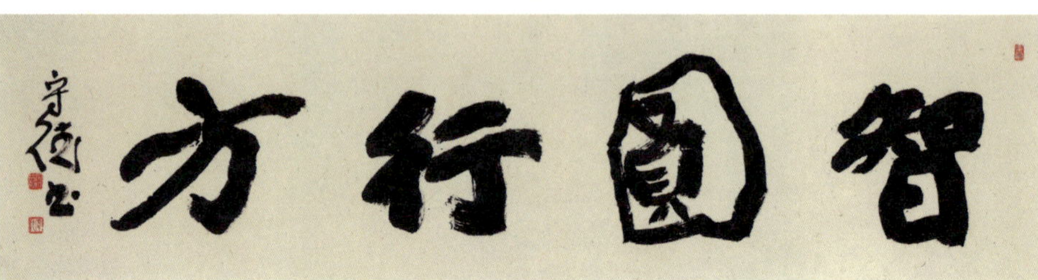

书法家韦守德赠书法作品

目录

第一辑　约山山笑

第二辑 晴山滴翠

第三辑　浅淡山妆

第四辑　石枕山眠

附

跋

第一辑

约山山笑

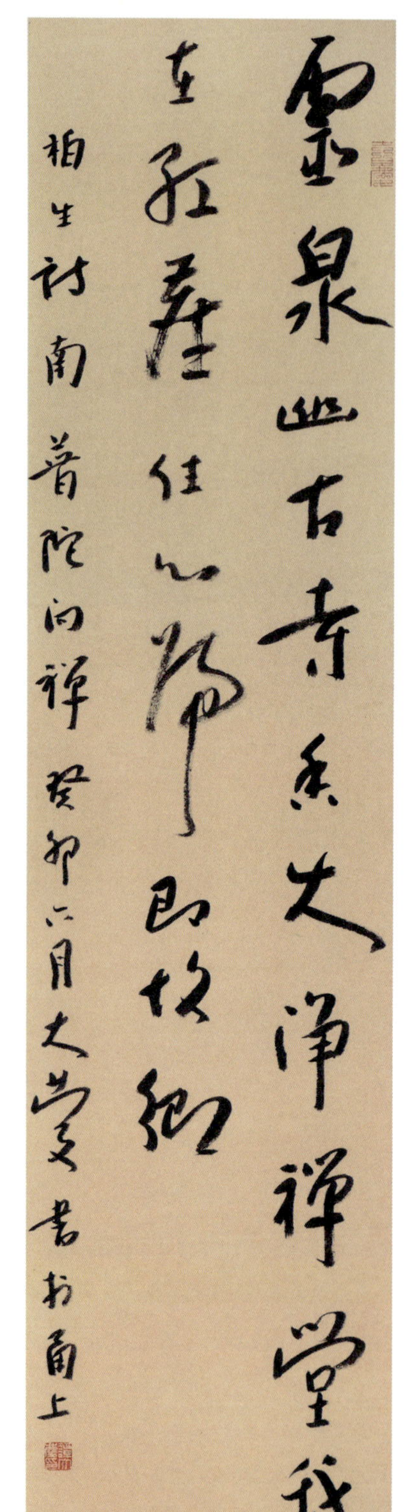

南普陀问禅

灵泉幽古寺，香火净禅堂。
我在红尘住，心归即故乡。

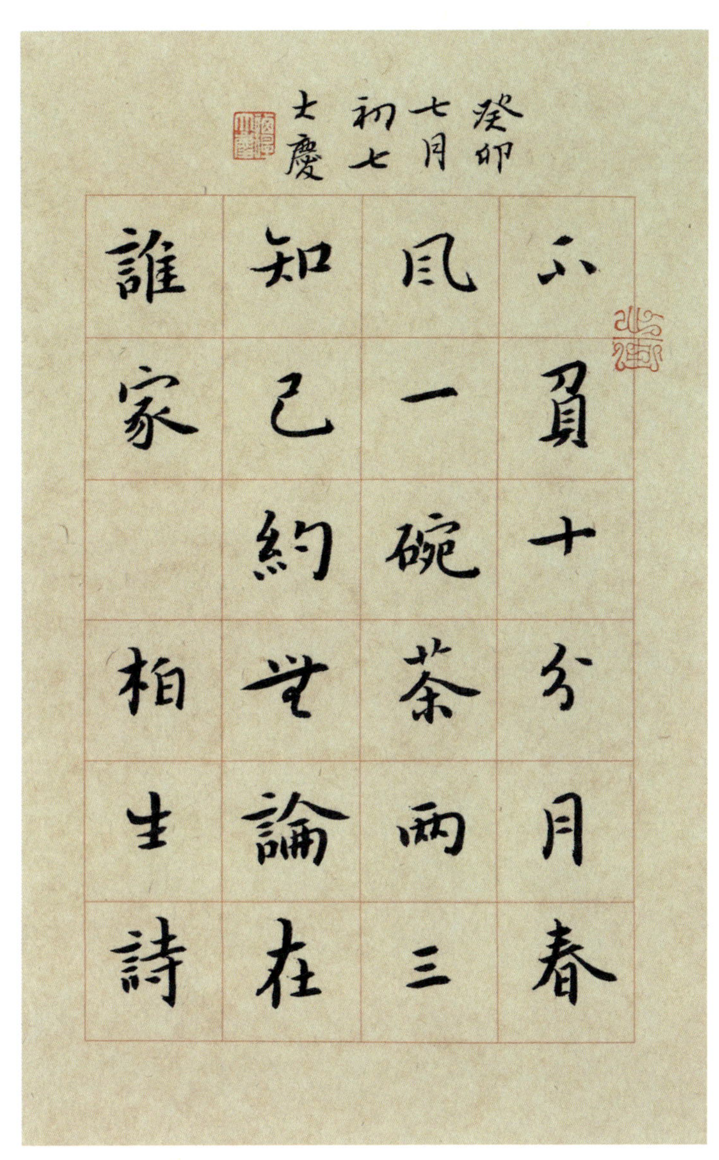

茶趣

不负十分月，春风一碗茶。

两三知己约，无论在谁家。

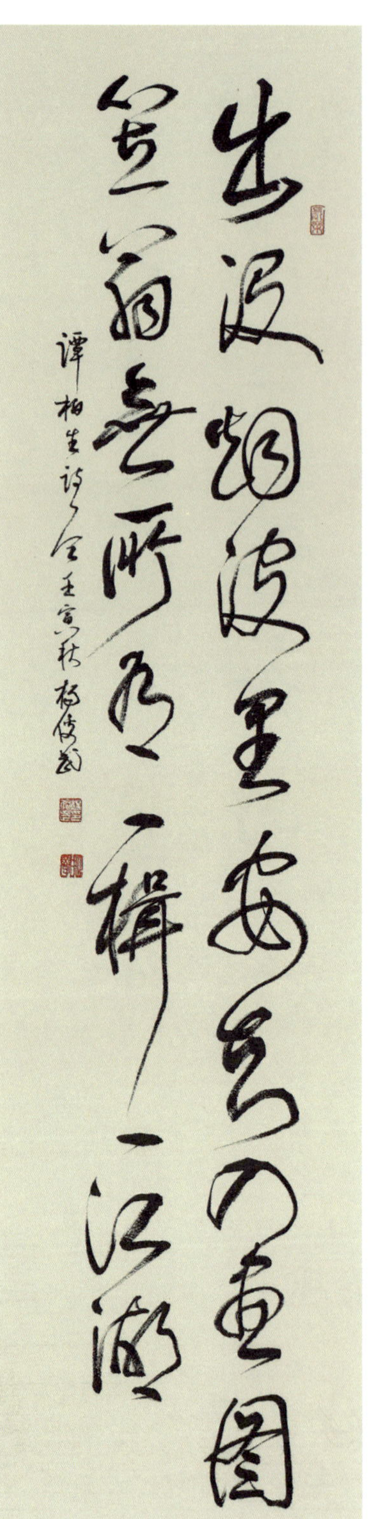

小东江渔夫

出没烟波里，安知入画图。
笠翁无所有，一楫一江湖。

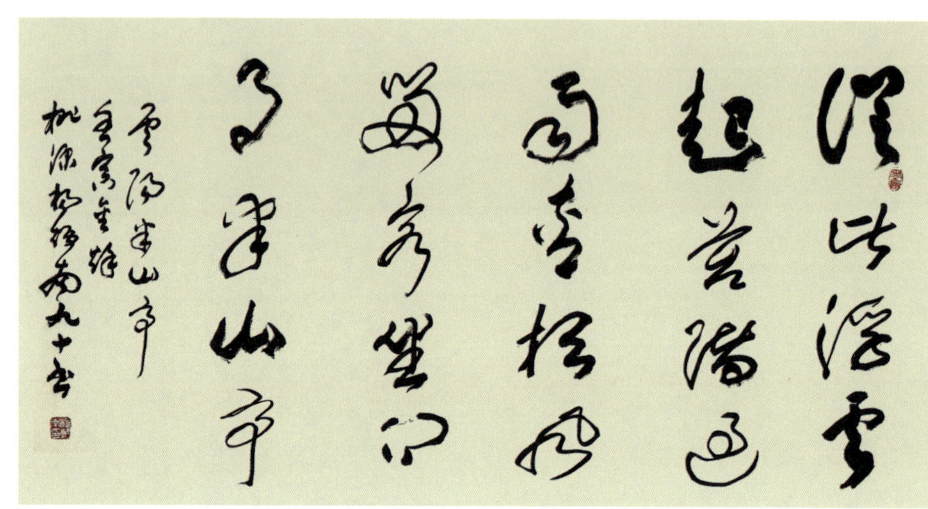

云阳半山亭

从此浮云起，苔阶过雨青。

松风留客坐，问月半山亭。

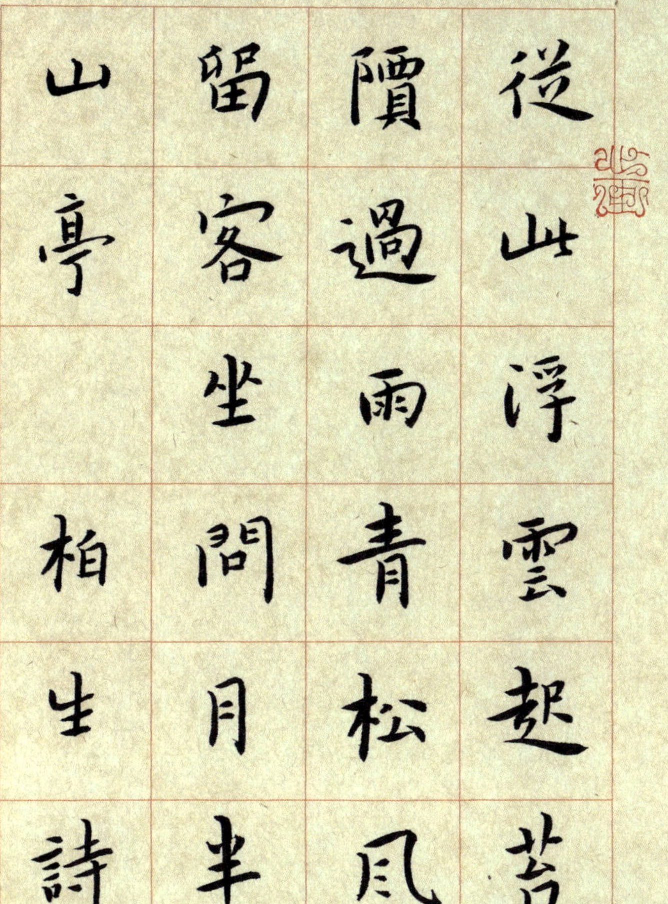
從山浮雲起苔
隤過雨青松風
留客坐問月半
山亭柏生詩
癸卯七月初十大慶

從此浮雲起
苔階過雨青
松風留客坐
閒月半山亭
譚植生兄詩
雲陽半山亭一首
癸卯 龍建新

寒柳催風軟孤橋冷月暉不知江漢燕何日伴春歸

柏生詩

癸卯七月初七大慶

庚子立春逢江城大疫

寒柳催风软，孤桥冷月晖。

不知江汉燕，何日伴春归。

仰山隐禅寺

清芬随路转，翠影叠山来。
古木留云住，禅门对月开。

【注】此诗作于江西宜春仰山栖隐禅寺。

岳麓故园春

古木春犹在，清风客自来。
故园花不老，雨润半山开。

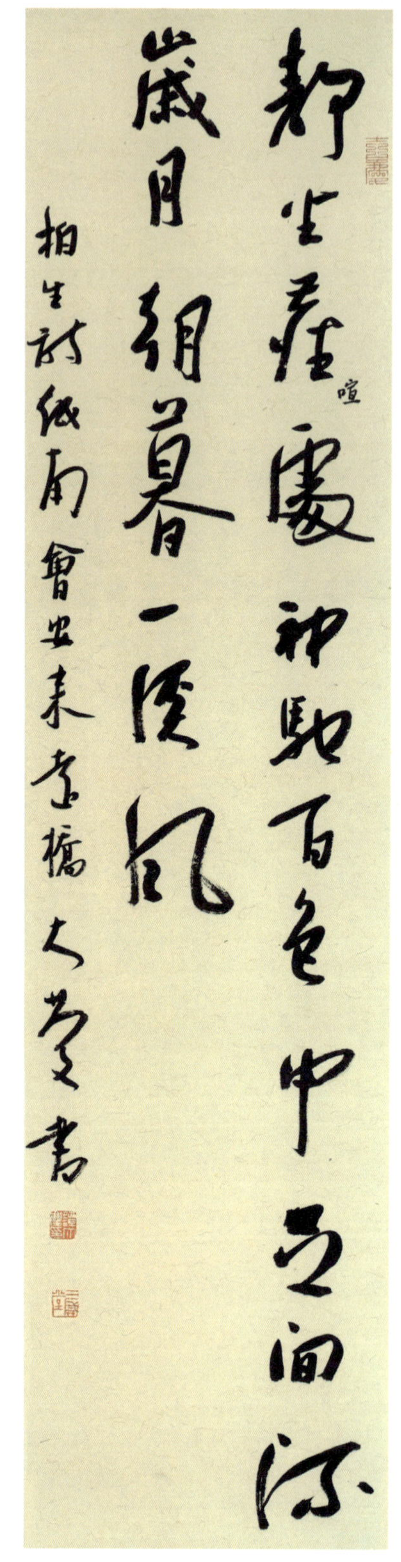

越南会安来远桥

静坐尘喧处，神驰百色中。
足间流岁月，朝暮一溪风。

春江月夜

清江抱月深，柳影伴沉吟。

欲把春心寄，中宵冷梦侵。

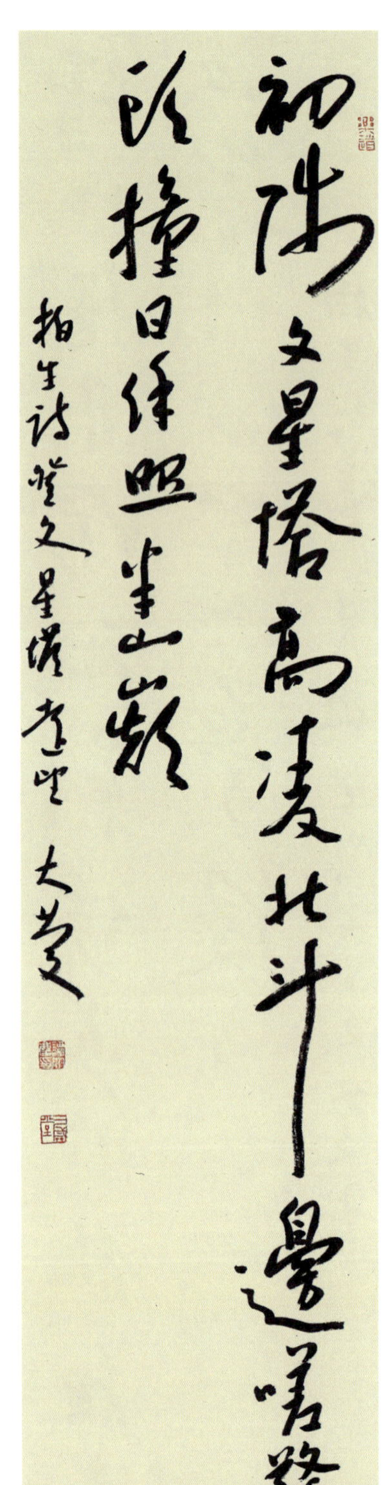

登文星塔望远

初陟文星塔，高凌北斗边。
嗟惊头撞日，余照半山巅。

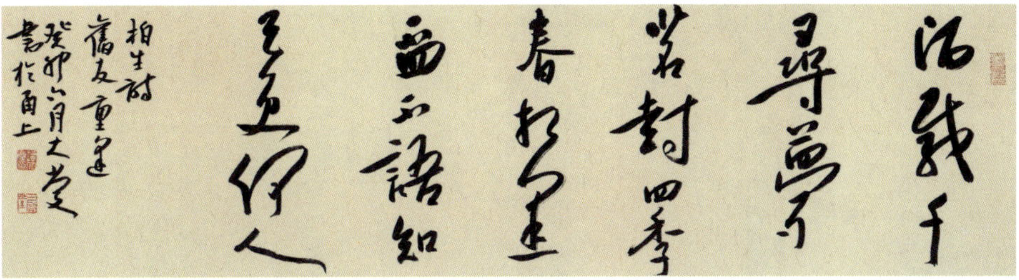

旧友重逢

酒载千寻梦，茗封四季春。

相逢杯不语，知己更何人。

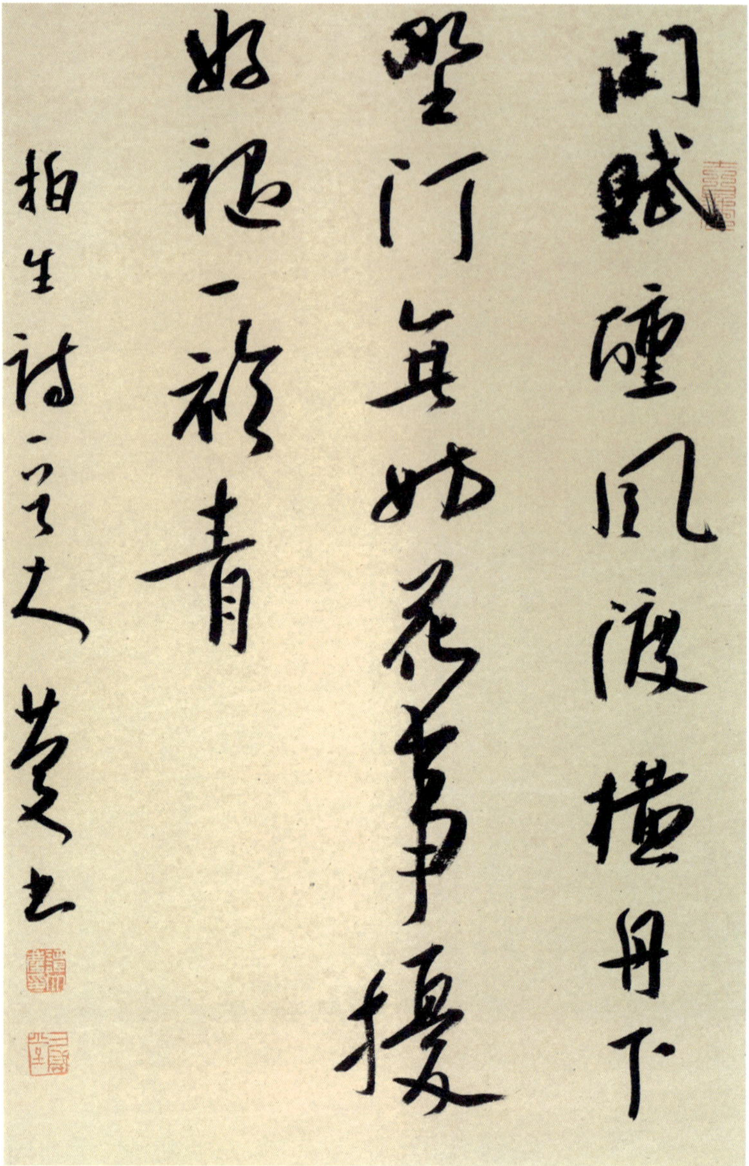

春日携友人江畔行

闲赋醺风渡，横舟下野汀。
无妨花事扰，好褪一衫青。

春分后海行

芳华竟媚春分，后海藏龙雾深。
翘首何需绿叶，花期不待闲人。

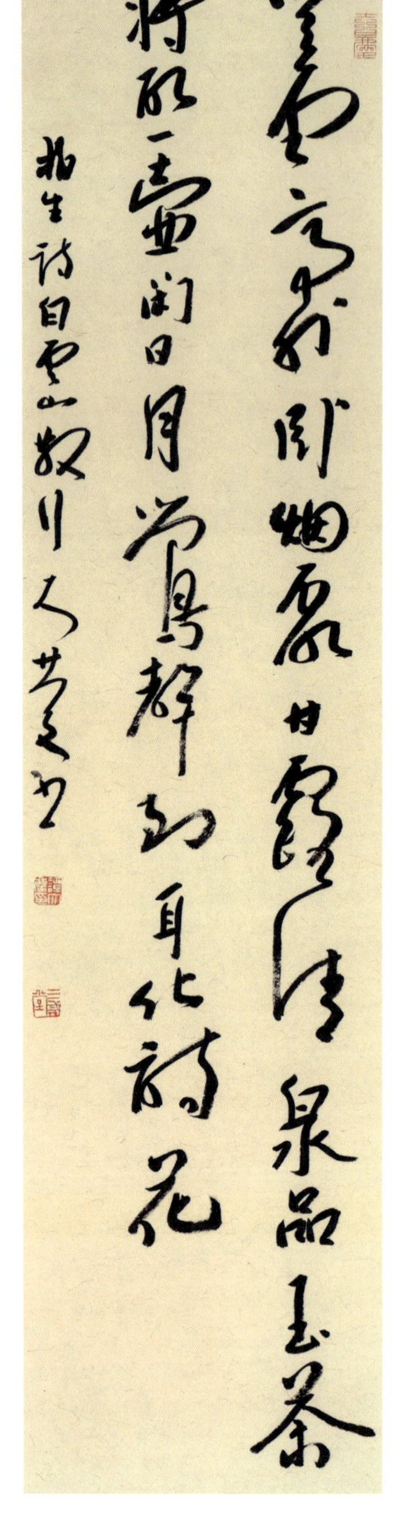

白云山散行

登云亭外卧烟霞，甘露清泉品玉茶。
将取一壶闲日月，莺声到耳化诗花。

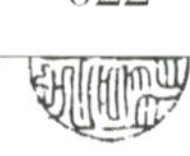

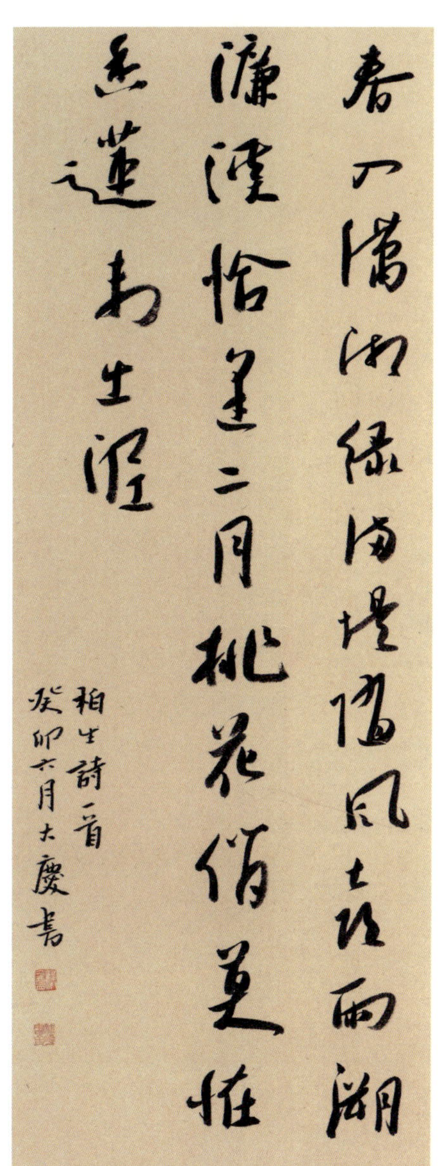

仲春濂溪行

春入潇湘绿满堤，随风喜雨溯濂溪。

恰逢二月桃花俏，莫怪香莲未出泥。

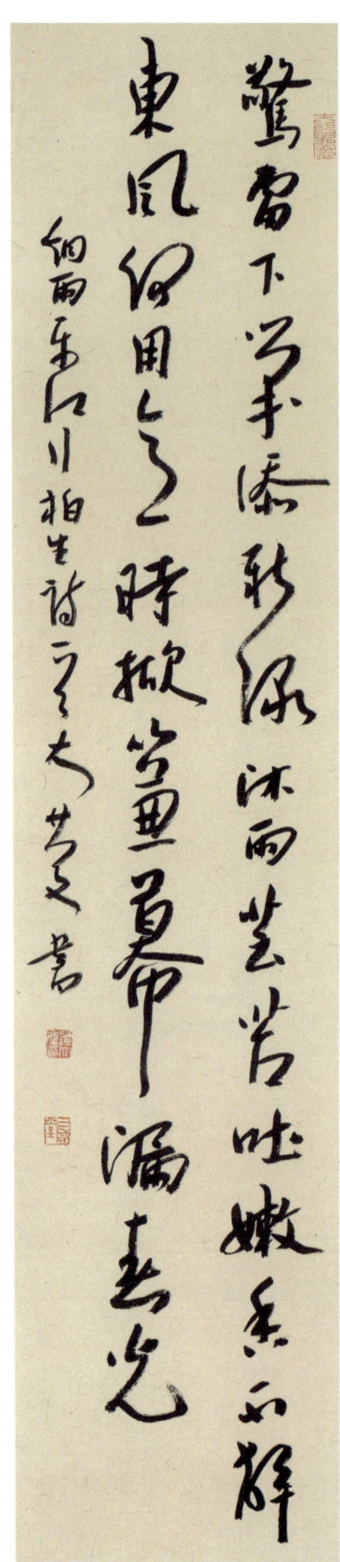

烟雨平江行

惊雷下笔添新绿，沐雨芸苔吐嫩香。

不解东风何用意？时掀帘幕漏春光。

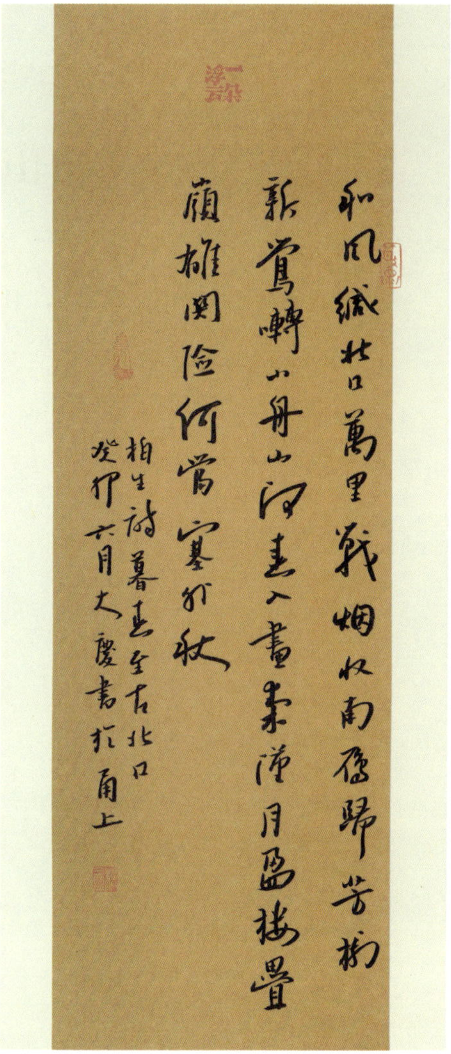

暮春至古北口

和风绒北口，万里战烟收。

南雁归芳树，新莺啭小舟。

山河春入画，秦汉月盈楼。

叠岭雄关险，何当塞外秋。

高马山采茶

霁色初开好个晨，前茶摘罢撷流云。

灵芽应是沾灵气，不散清香总伴人。

云阳山赋

神农故封，古岳云阳。紫薇叠翠，呈瑞凤冈。层峦银涛四起兮，飞瀑垂练悠长。横岭东巡畴野兮，纵流北征三湘。拱揖洣江茶水兮，风清化育德光，迴抱葫芦金线吊，虎踞龙盘。山河万象，深谷泉凉。石岩奇蕴兮，溪涧幽藏。登台老君论道，挥笔试剑张良。白云寺隐，净土一方。晨钟暮鼓兮，绵绵清香。

仰始祖炎帝，生于姜水，崩葬茶乡。刀耕火种，百草亲尝。调弦作琴，清韵宫商。灵迹千嶂兮，风及八荒。

叹云阳山水，钟灵毓秀，人文蔚起兮，秀甲一方。雄三楚一州形胜，冠两朝四相文章。笔支宝塔，兴学遗风启光。书院于斯鼎盛，明经幼学毗塘。窥唐轶宋，茶陵诗派兮，暖翠晴光。

今幸逢雨后登临，歇云阳半山亭，循迹先贤，叩门拜月。诗以记之曰：

从此浮云起，苔阶过雨青。

松风留客坐，问月半山亭。

画作作者：马蓉，湖南湘潭人，湖南省花鸟画家协会理事，长沙市书法家协会会员。

第二辑

晴山滴翠

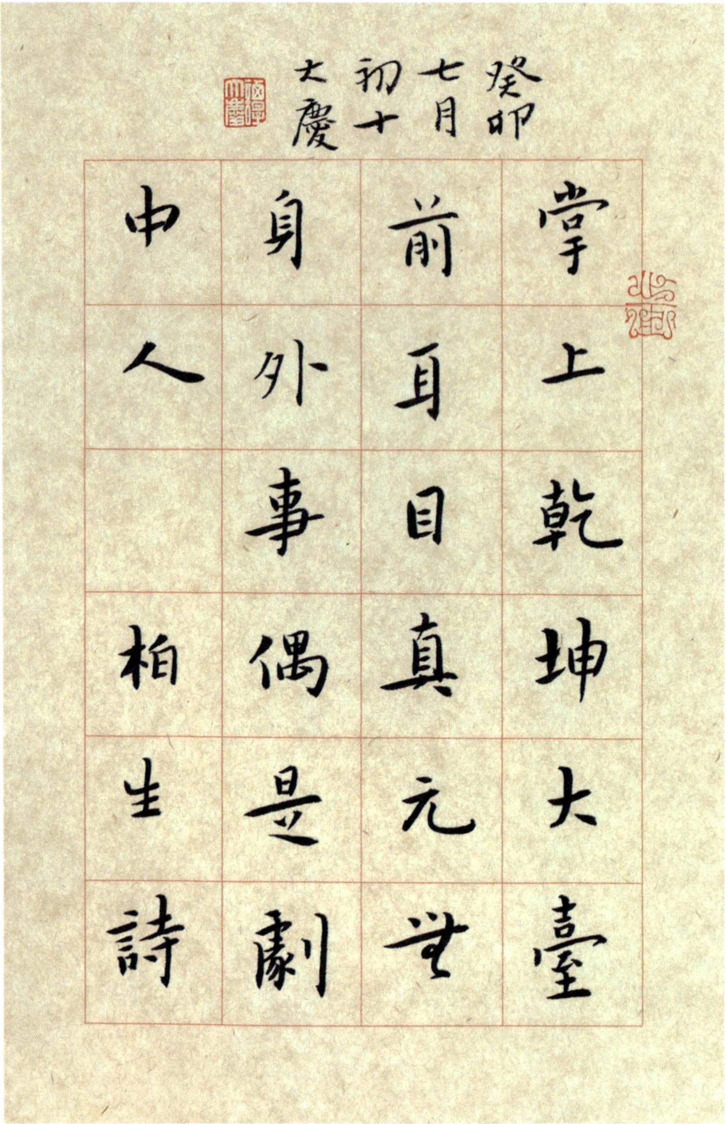

掌上乾坤大臺前耳目真元无身外事偶是劇中人 柏生詩

癸卯七月初十 大慶

番婆楼赏布袋木偶戏

掌上乾坤大，台前耳目真。

元无身外事，偶是剧中人。

别岸风波里何分半月光星萦三五夜潮汐系归航

柏生诗眺望金门岛有寄 癸卯六月大楚

眺望金门岛有寄

别岸风波里，何分半月光。

星萦三五夜，潮汐系归航。

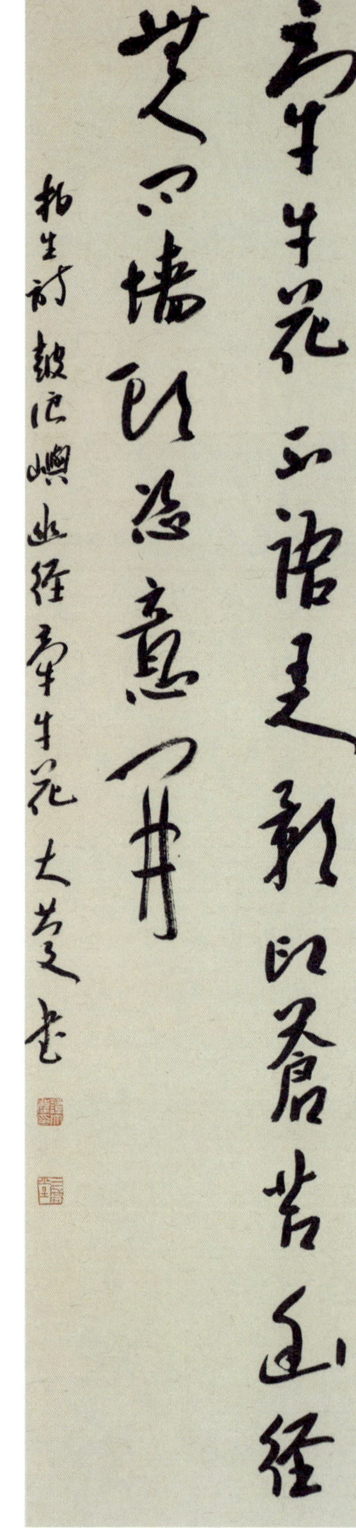

鼓浪屿幽径牵牛花

牵牛花不语，弄影印苍苔。
幽径无人问，墙头恣意开。

歇足大溪方山

樵路凭余力，汲泉向此间。
白云应解意，先我到方山。

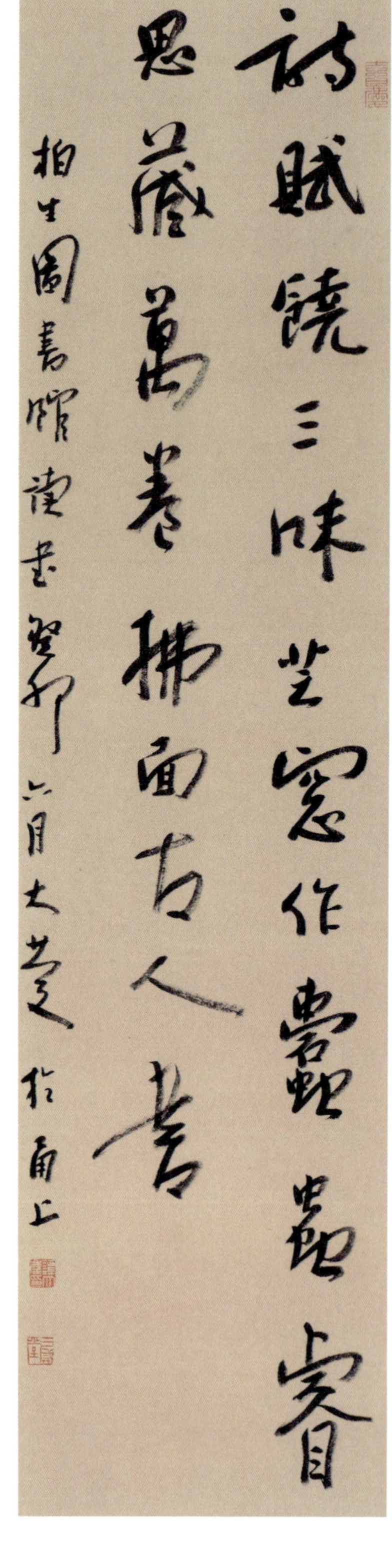

图书馆读书

诗赋饶三味，芸窗作蠹虫。
睿思藏万卷，拂面古人风。

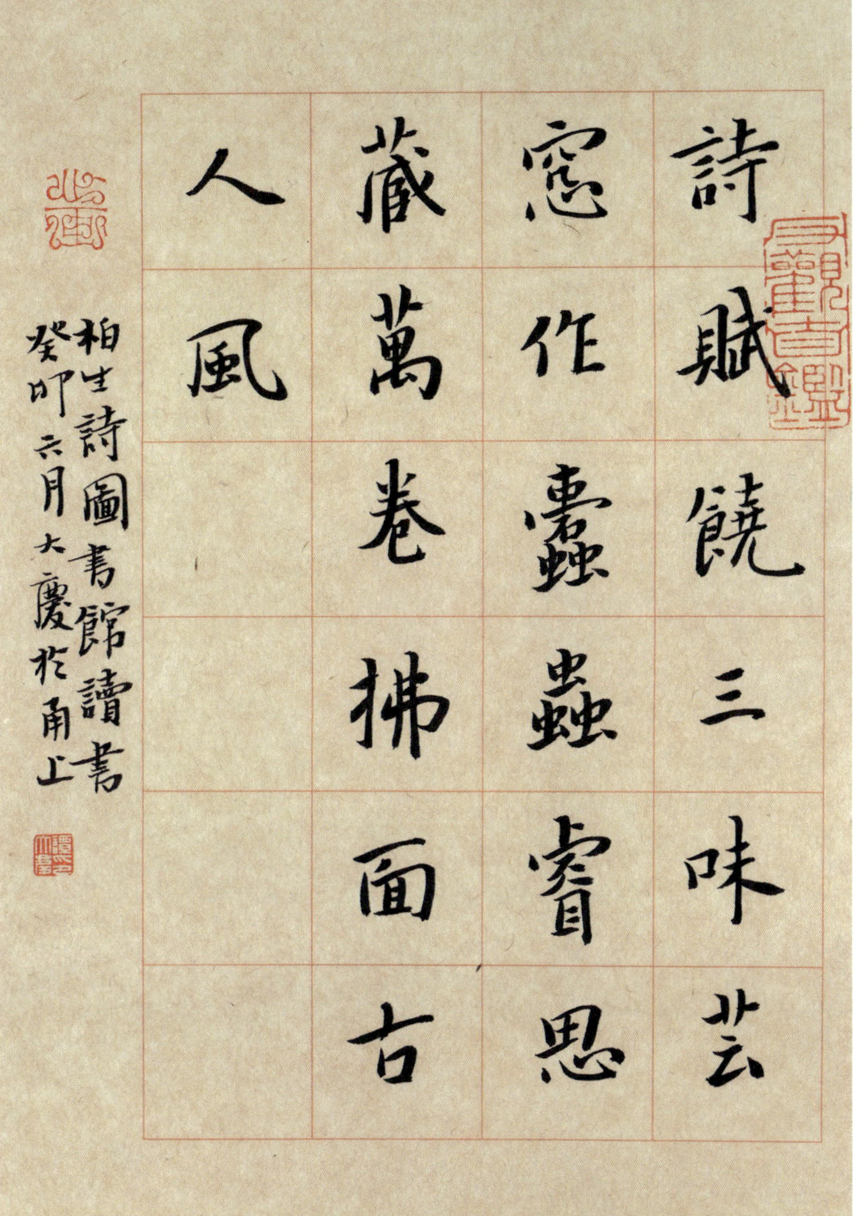
詩賦饒三味芸
窻作蠹蟲睿思
藏萬卷拂面古
人風
柏生詩圖書館讀書
癸卯六月大慶於甬上

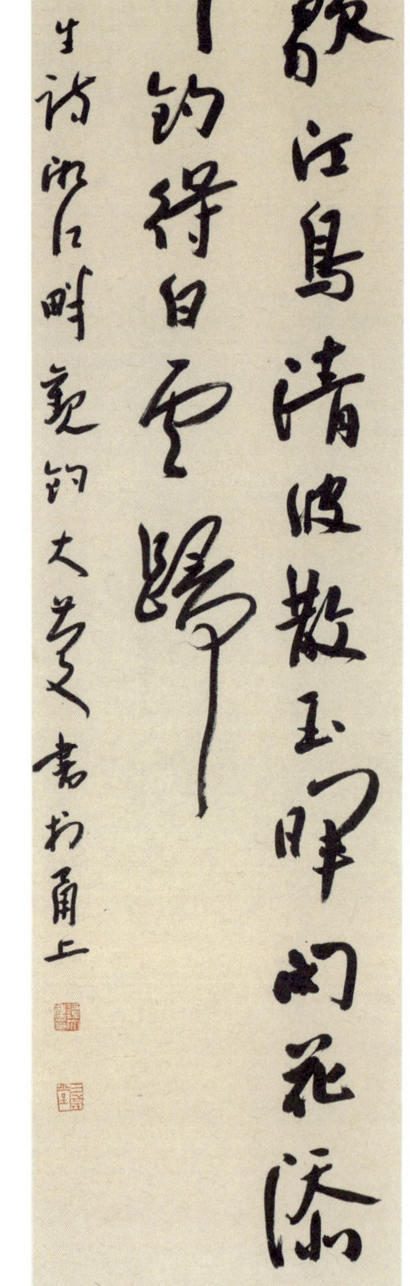

湘江畔观钓

曲杆歇江鸟，清波散玉晖。
闲花添作饵，钓得白云归。

曲轩歌江鸟
清波放玉晖
间花添作饵
钓得白云归

谭柏生诗

曲杆歌江鳥
清波散玉暉
閑花添作餌
釣得白雲歸

柏生詩

癸卯七月初十
大慶

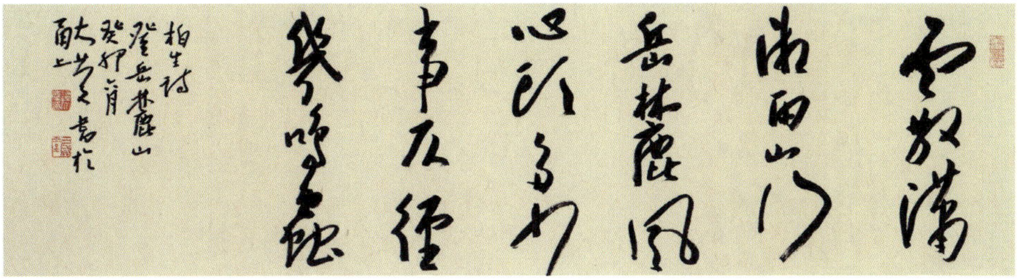

登岳麓山

云散潇湘雨，山行岳麓风。

心头多少事，仄径几鸣虫。

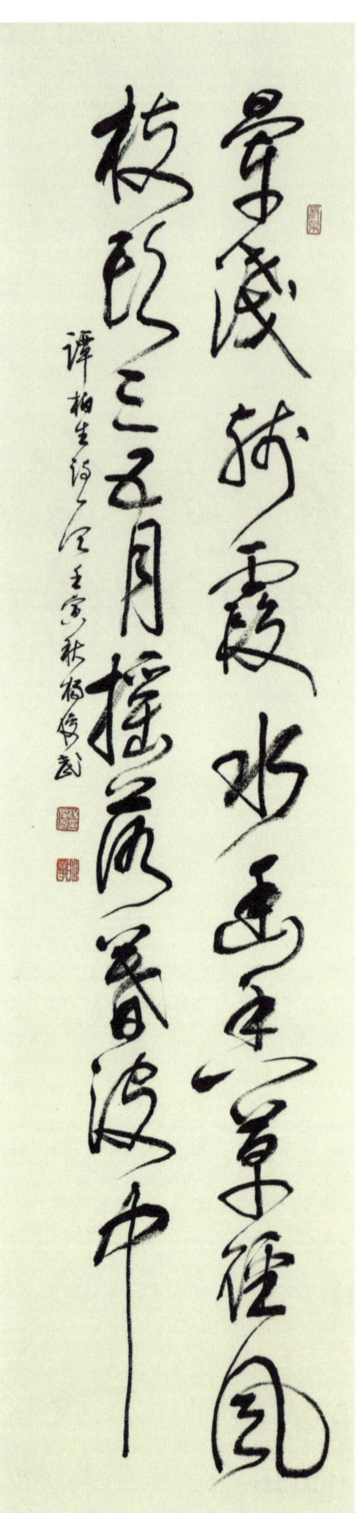

松雅河暮色

晕浅残霞水，幽香草径风。
枝头三五月，摇落暮波中。

暈淺殘霞水幽
香草逕風枝頭
三五月搖落暮
波中 柏生詩

癸卯七月初七
大慶

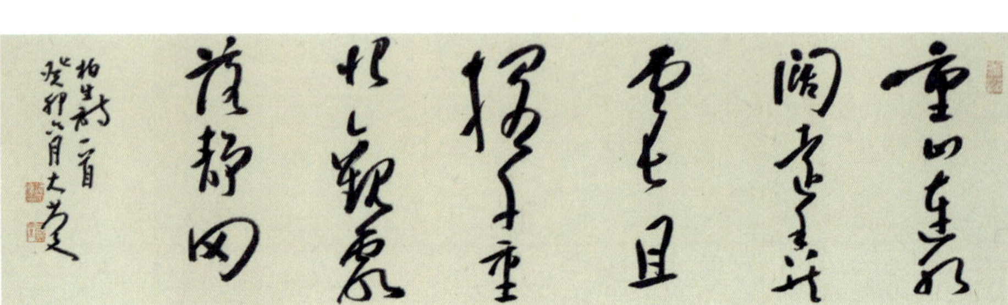

游日本平和公园[1]

重山连水阔，远舍共云长。

且搁千重恨，观霞落静冈。

【注】①日本箱根平和公园位于静冈县，属于日式庭园建筑风格，表达日本人对战争的控诉、祈求世界和平的愿望。这里也是观富士山的最佳地点之一。

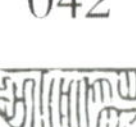

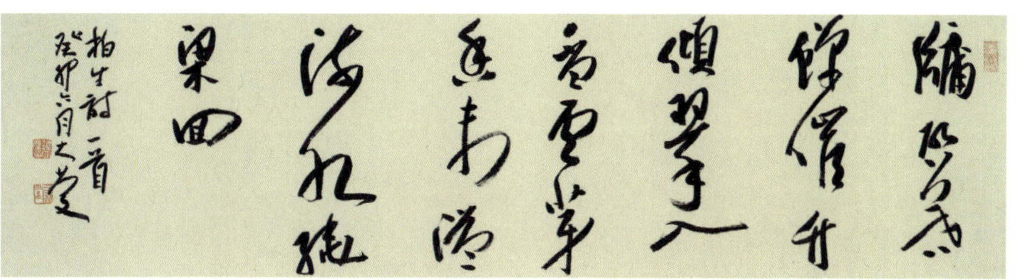

松风琴韵

牖启暮蝉催，竹倾翠入杯。

云芽香未溢，流水绕梁回。

浏阳考察遗落乡村
桃花源

循山荒菊径，逐水觅桃源。

不待春风拂，寒茅野鸟喧。

成都宽窄巷听戏

街巷名宽窄，江湖唱去来。

哼哈嘘一场，粉墨又登台。

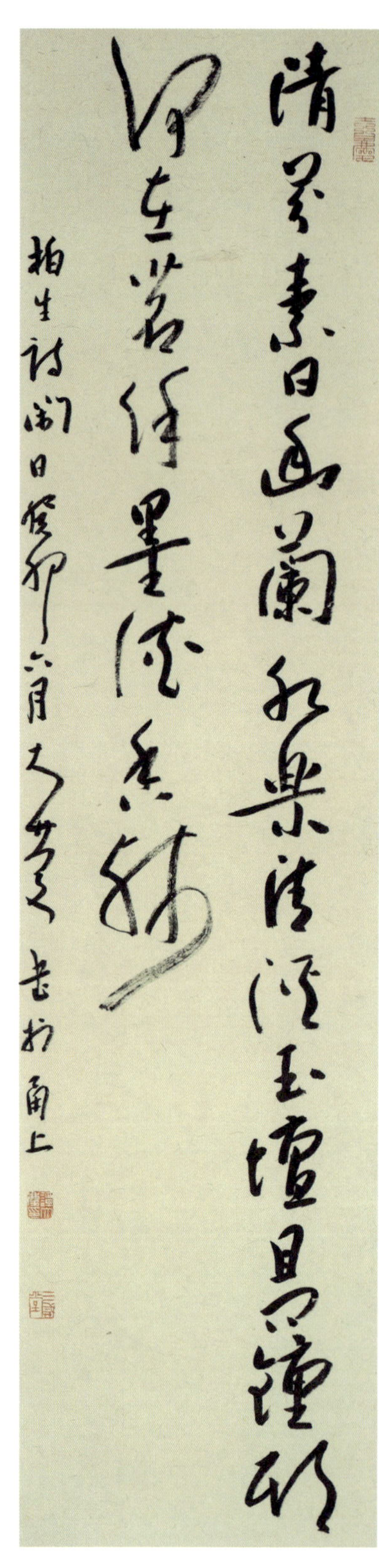

闲日

清芬素日幽兰，水乐清溪玉坛。

且问钟期何在？茗余墨淡香残。

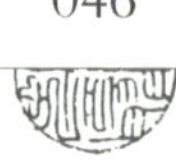

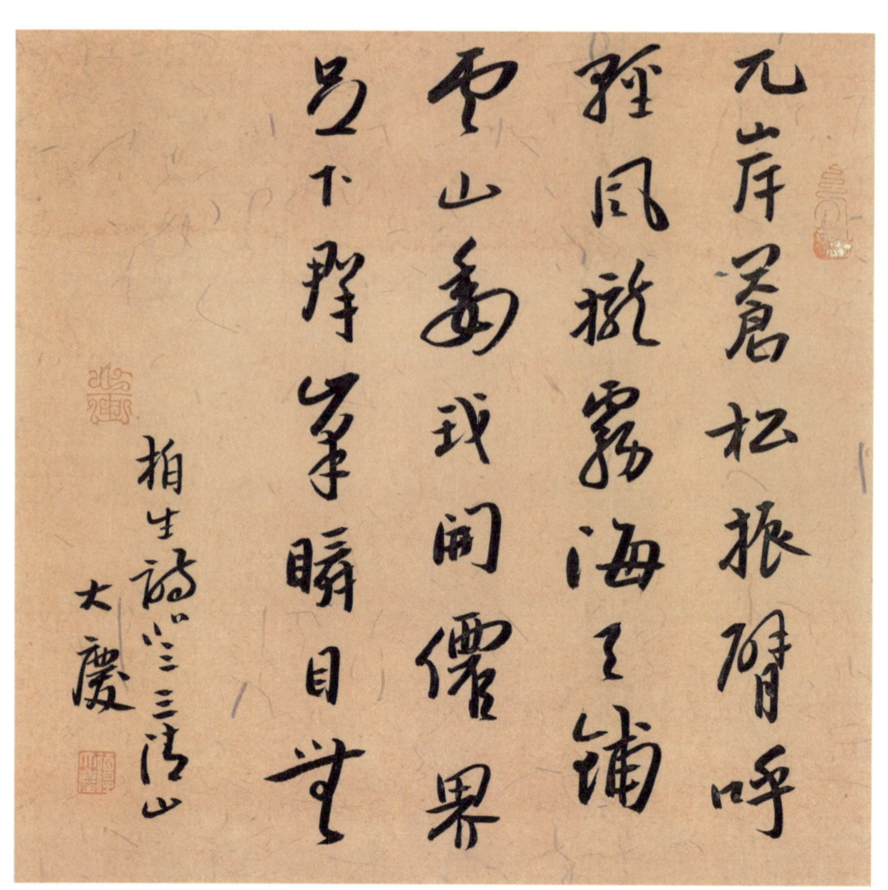

登三清山

兀岸苍松振臂呼，轻风拢雾海天铺。

云山委我开仙界，足下群峰瞬目无。

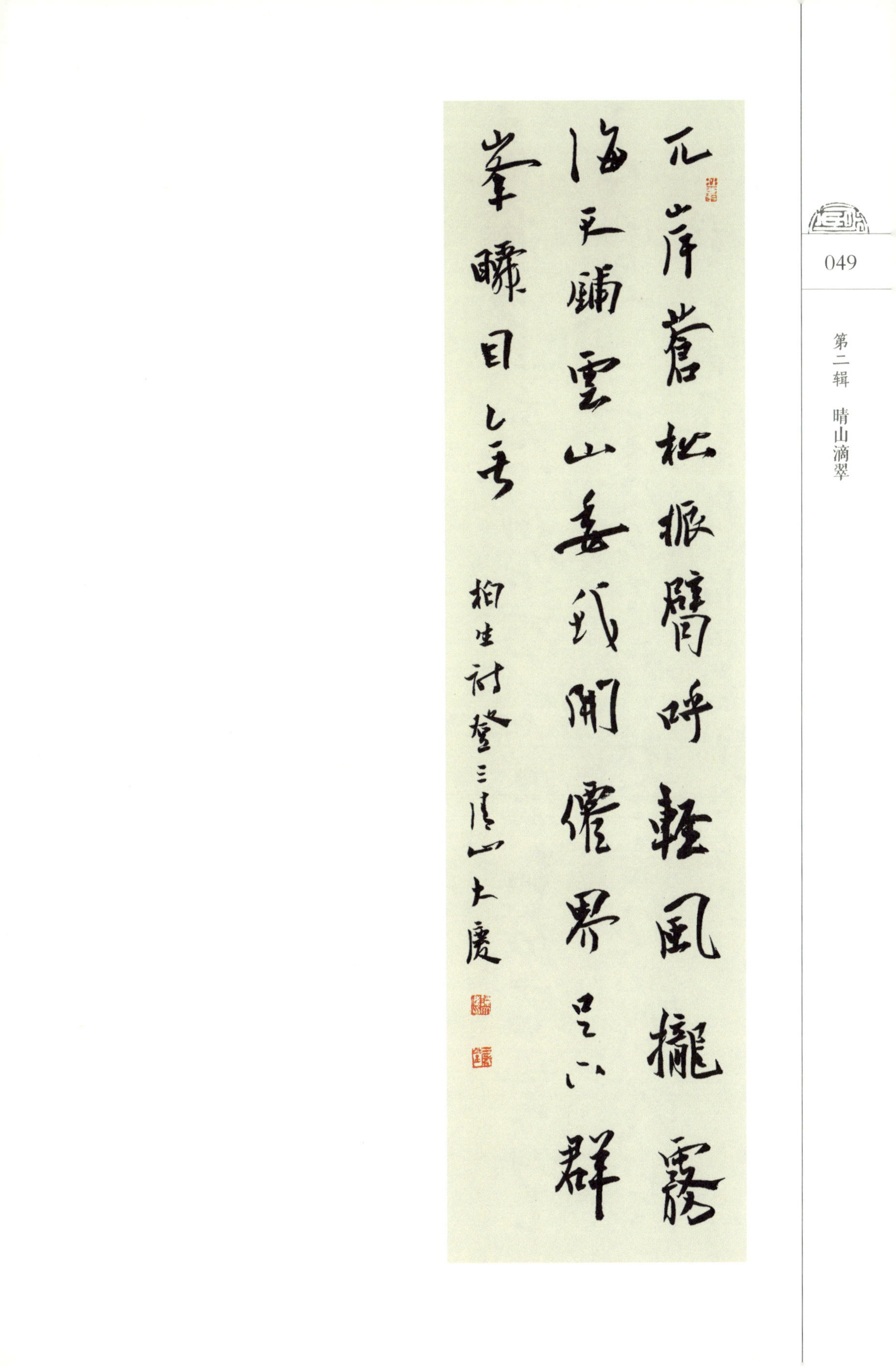

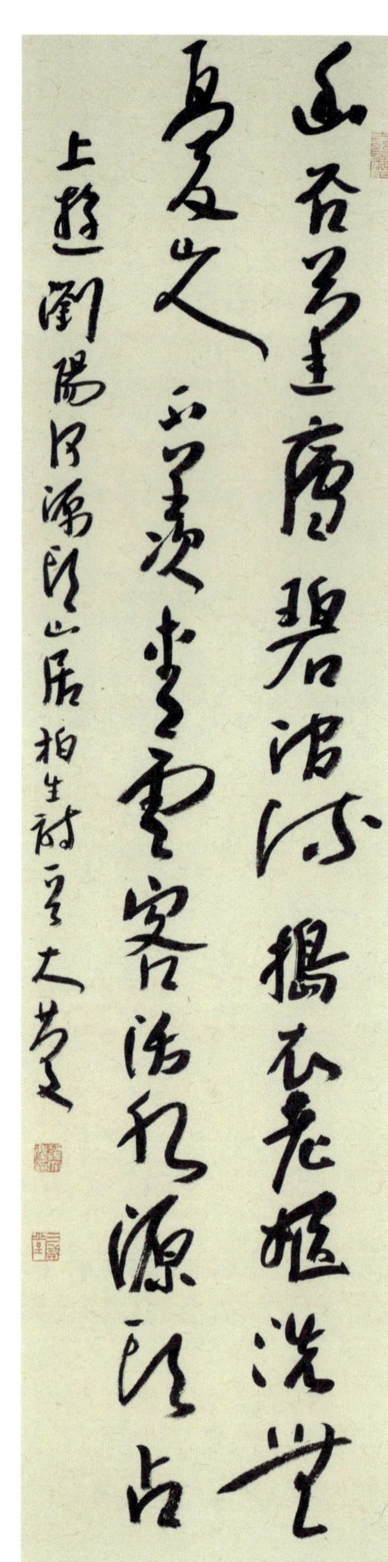

浏阳河源头山居

幽谷蓬庐碧涧流，捣衣老妪洗无忧。

山人不羡青云客，活水源头占上游。

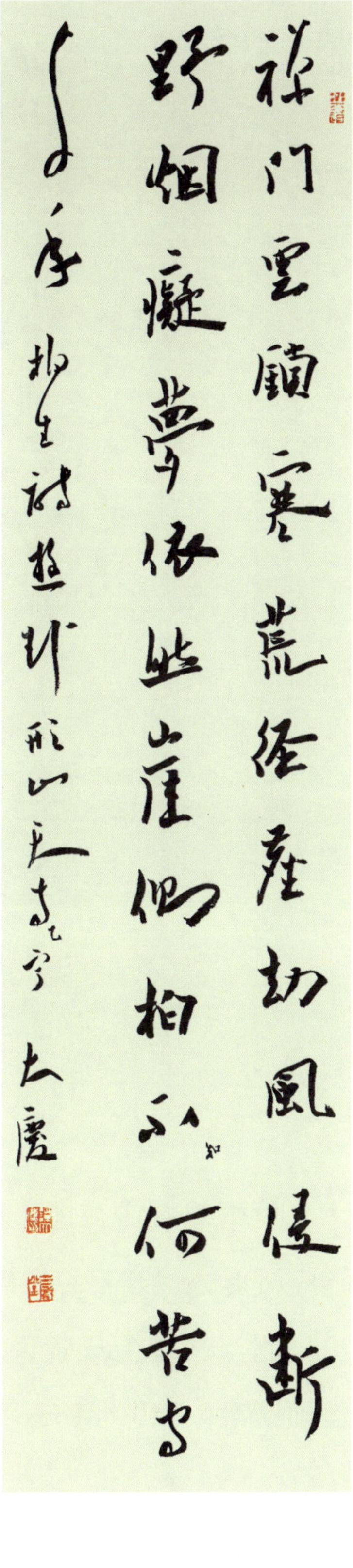

游卦形山天宁寺

禅门云锁寒荒径，尘劫风侵断野烟。

痴梦依然崖侧柏，不知何苦守千年。

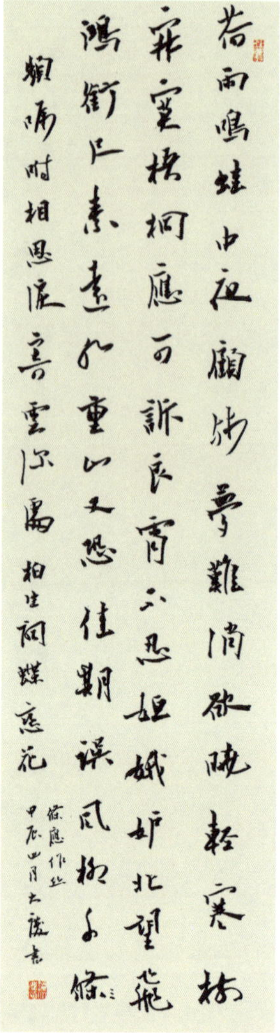

蝶恋花

荷雨鸣蛙中夜顾，残梦难消，欲晓轻寒树。寂寞梧桐应可诉，良宵不忍姮娥妒。

北望飞鸿衔尺素，远水重山，又恐佳期误。风柳千丝频嘱咐，相思泪寄云深处。

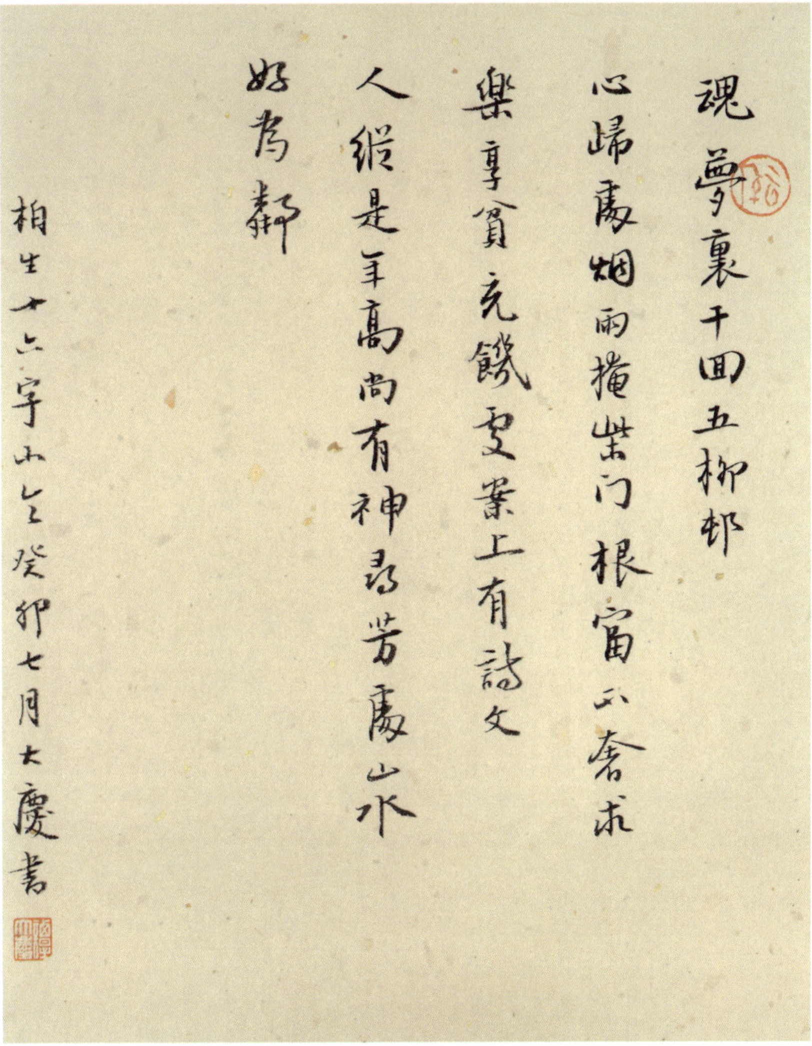

十六字令

魂，梦里千回五柳村。心归处，烟雨掩柴门。

根，富不奢求乐享贫。充饥处，案上有诗文。

人，纵是年高尚有神。寻芳处，山水好为邻。

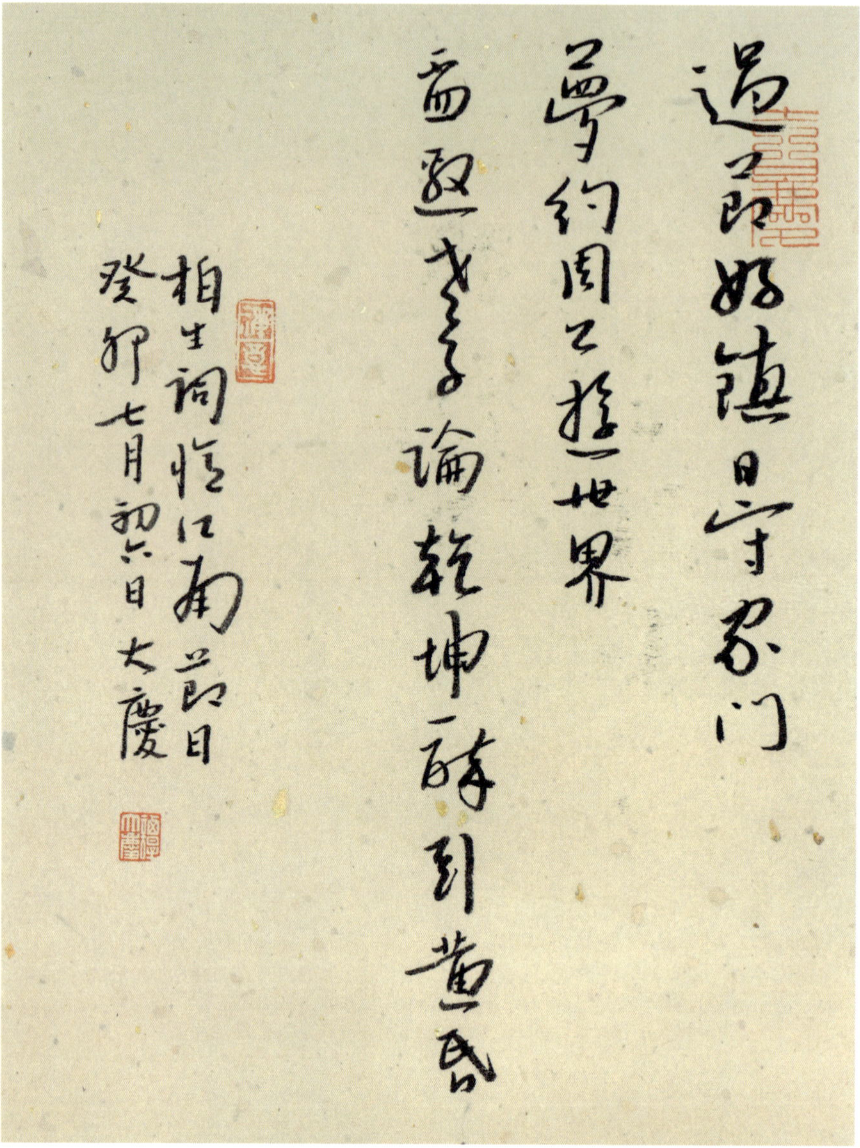

忆江南·节日

过节好，镇日守家门。梦约周公游世界，盃邀老子论乾坤。一醉到黄昏。

第三辑

浅淡山妆

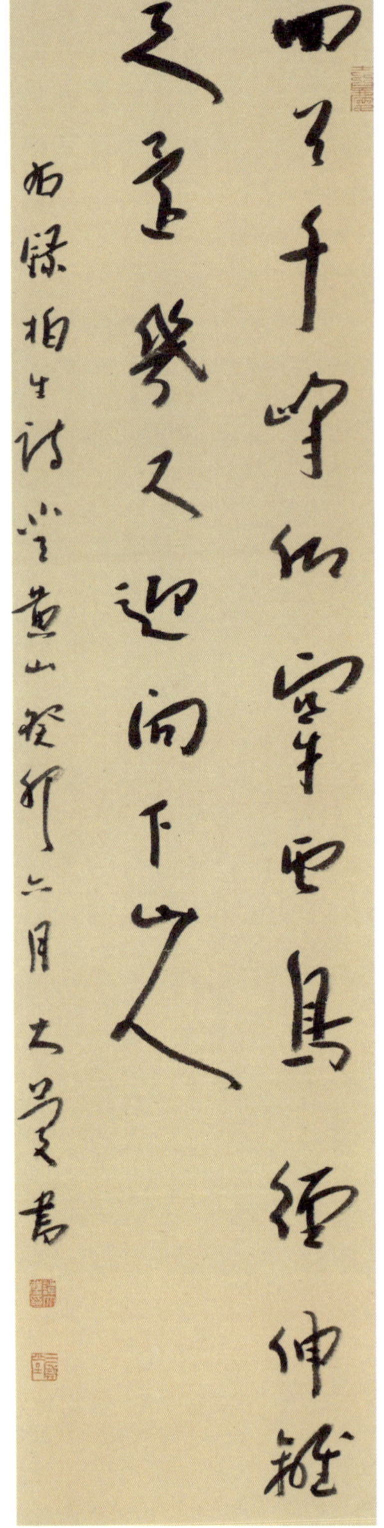

登黄山

回首千峰仰，穿云鸟径伸。

离天还几尺，迎问下山人。

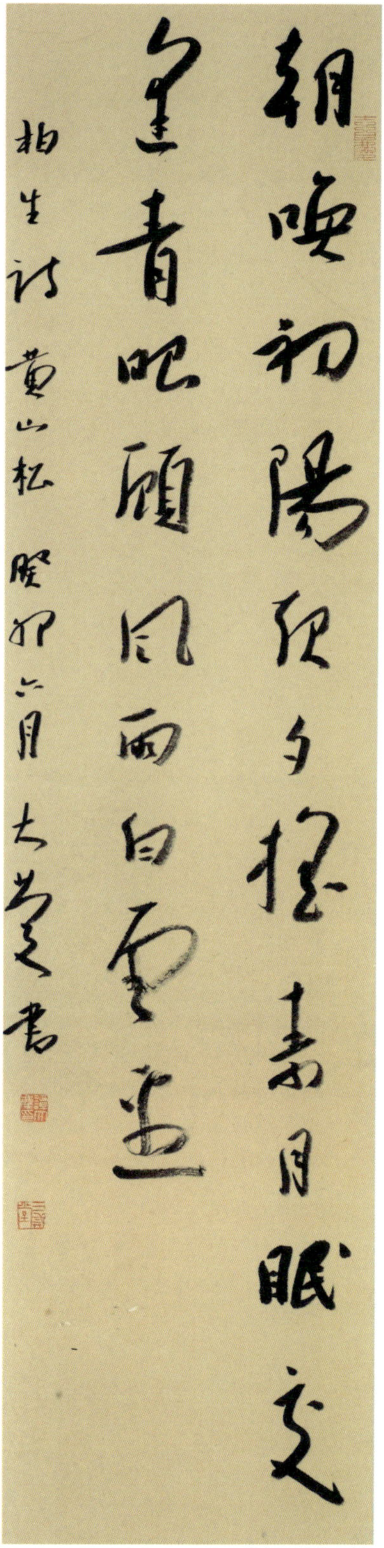

黄山迎客松

朝唤初阳起，夕摇素月眠。
交逢[①]青眼[②]顾，风雨白云边。

【注】①交逢：遇到，逢上之意。

②青眼：借指知心朋友。

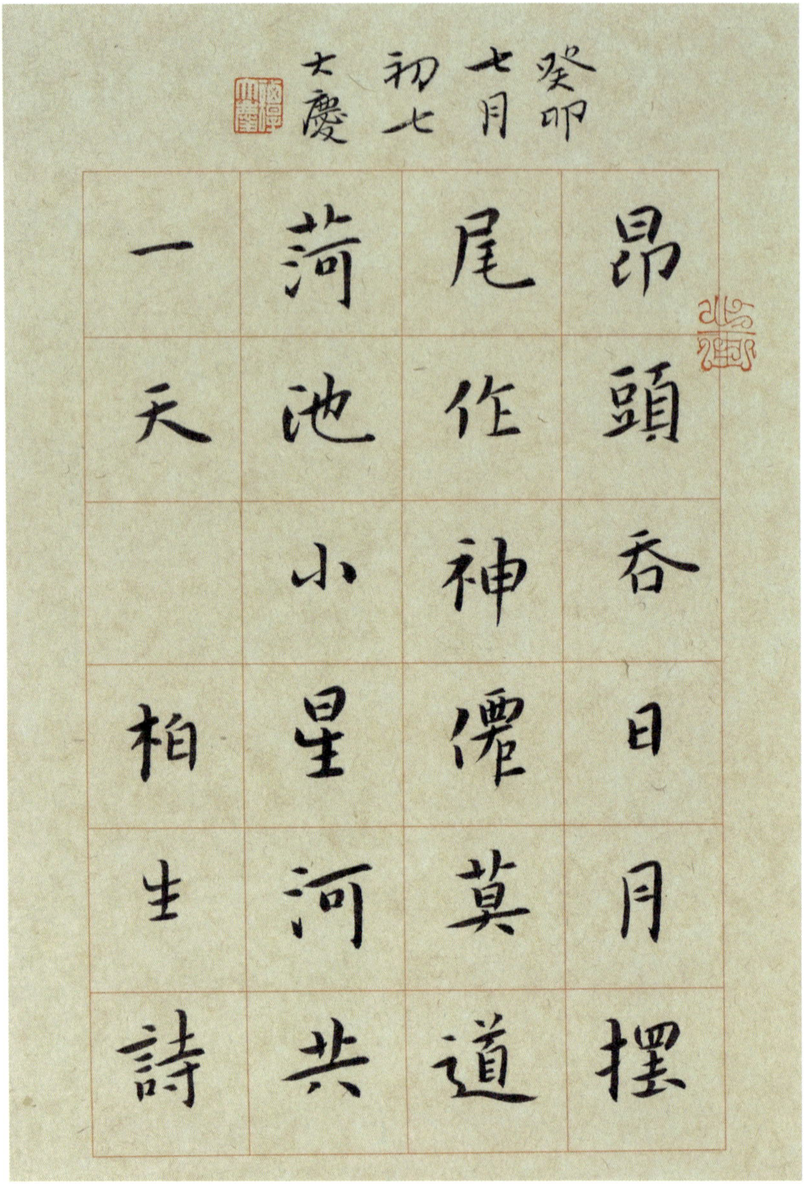

昂頭吞日月擺尾作神僊莫道荷池小星河共一天 柏生詩

癸卯七月初七 大慶

武汉东湖观池鱼

昂头吞日月，摆尾作神仙。

莫道荷池小，星河共一天。

重阳晨游怀素醉僧楼

蕉狂轻世界，墨醉盖乾坤。

笔架东山上，潇湘自此分。

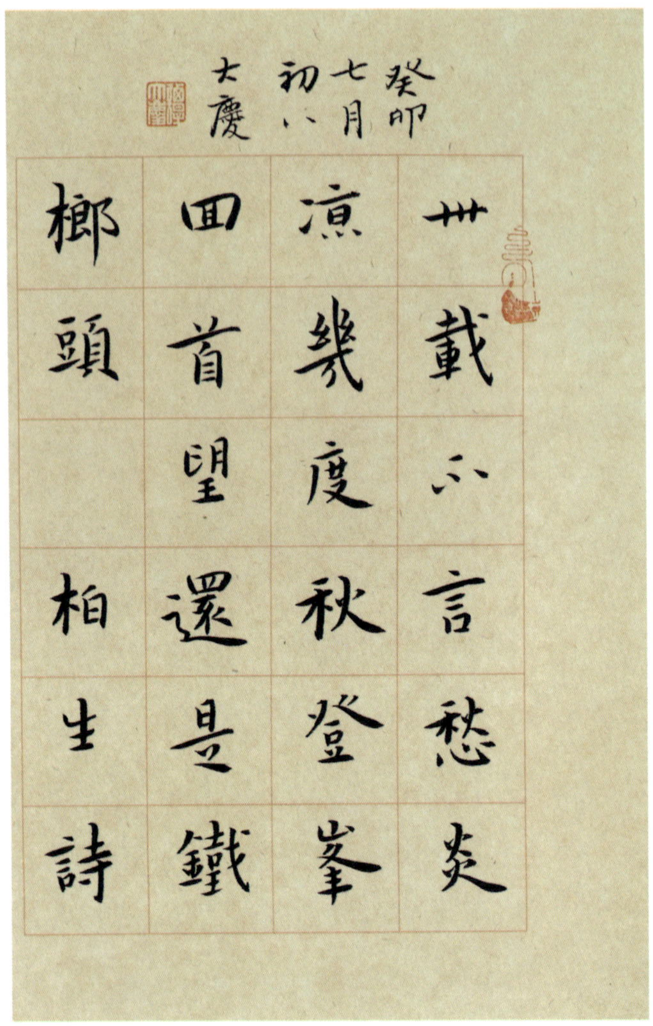

贺女排夺冠

卅载不言愁，炎凉几度秋。

登峰回首望，还是铁榔头[1]。

【注】①铁榔头：特指郎平。三十年前郎平作为中国女排主力队员创造了中国女排之辉煌，三十年后郎平执教中国女排重新登上奥运峰巅。

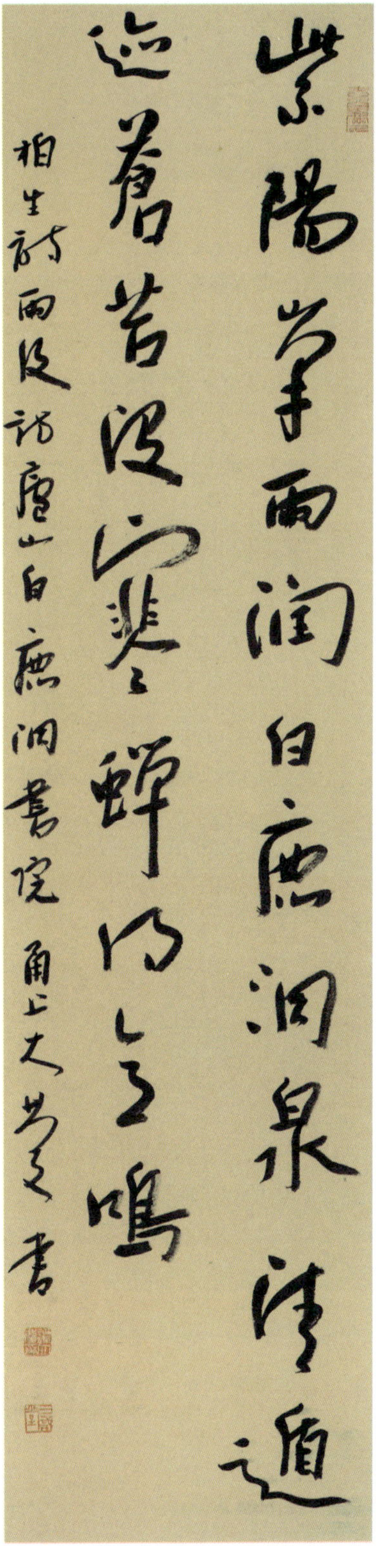

雨后访庐山白鹿洞书院

紫阳峰雨润，白鹿洞泉清。

遁迹苍苔没，寒蝉得意鸣。

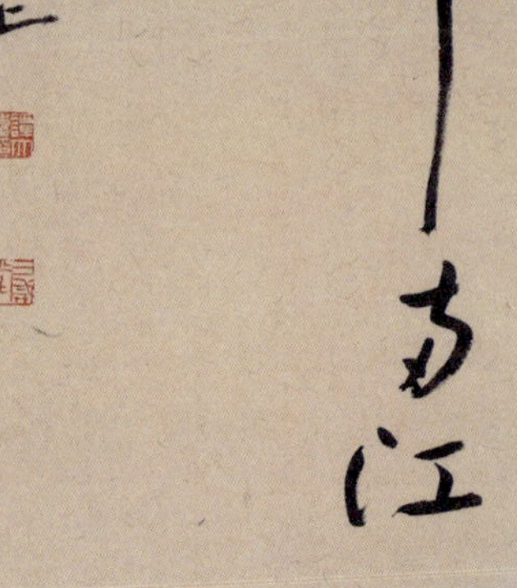

重庆访友

月伴山城落，星扶醉路归。
两江千里汇，别雁宿云飞。

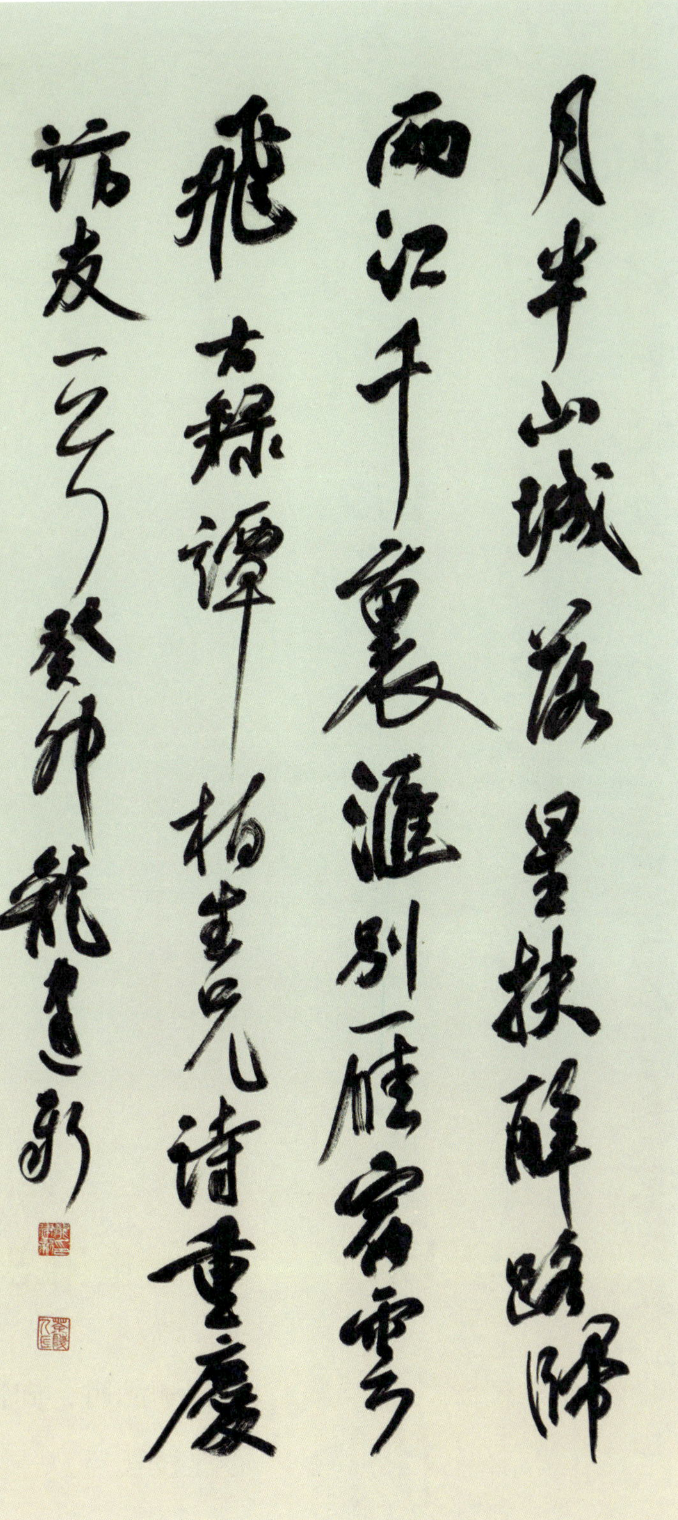

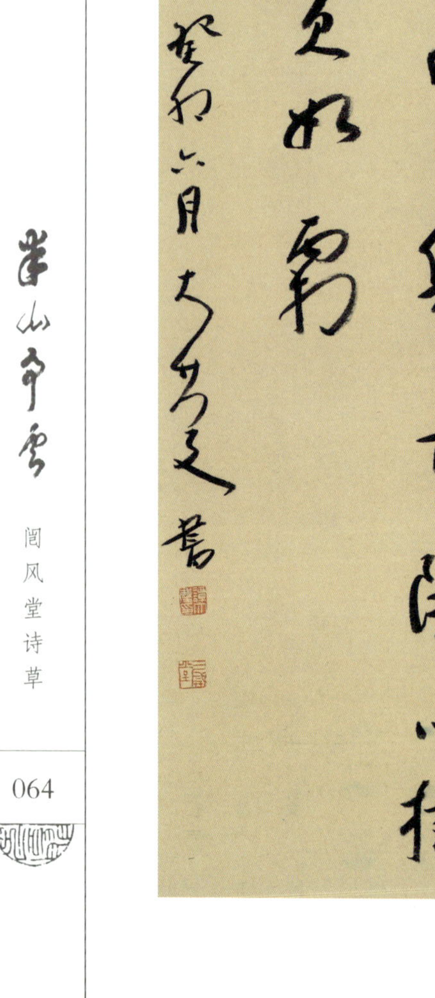

重阳思亲

亭花醺酒香，向日几重阳。
心挂枝头月，一夕鬓如霜。

立秋

叶落疏桐影，蝉稀发噪声。

花开花又谢，何必怨秋风。

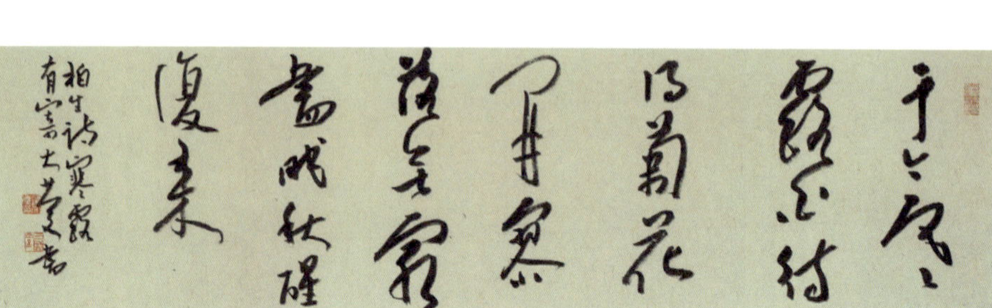

寒露有寄

于今寒露白，待得菊花开。
寥落无穷尽，眠秋醒复来。

怀念母亲之扁担

屈折春秋风露寒，纵横天地汗肩宽。

而今挂壁余孤影，嗟怨鸡声伴月残。

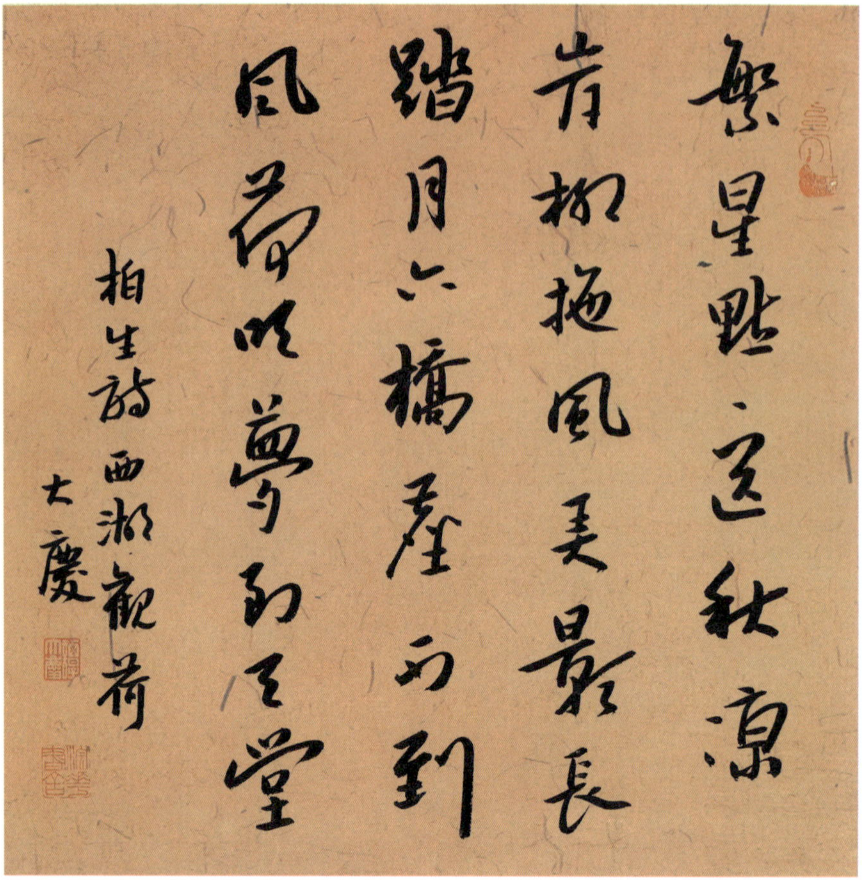

西湖观荷

繁星点点送秋凉，岸柳拖风弄影长。

踏月六桥尘不到，风荷吹梦到天堂。

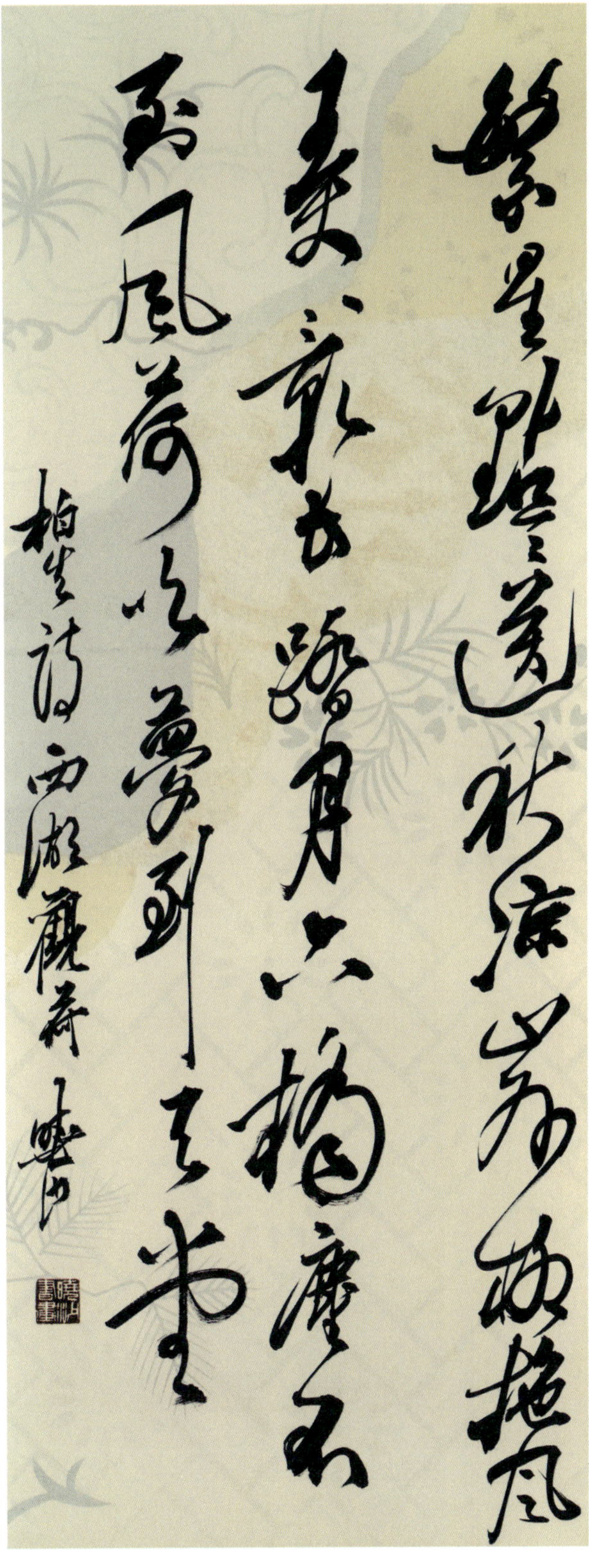

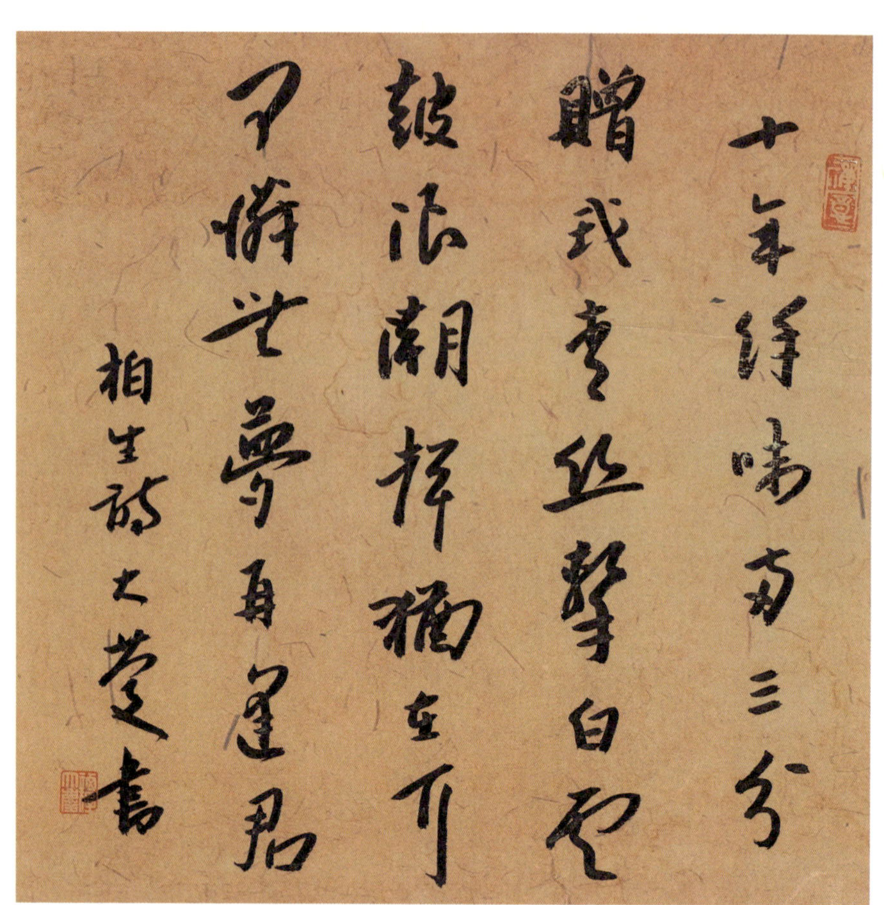

梦萦鹭岛

十年余味两三分，赠我青丝系白云。
鼓浪潮声犹在耳，可怜无梦再逢君。

神农谷度假

飞泉得意流声远，老竹萦怀带影长。

聚散浮沉风雨后，松山无语任炎凉。

山塘兰芽曲苑赏昆曲牡丹亭

停舟顾曲向山塘，暮雨姑苏夜未央。
添得江南无限美，兰芽春色自生香。

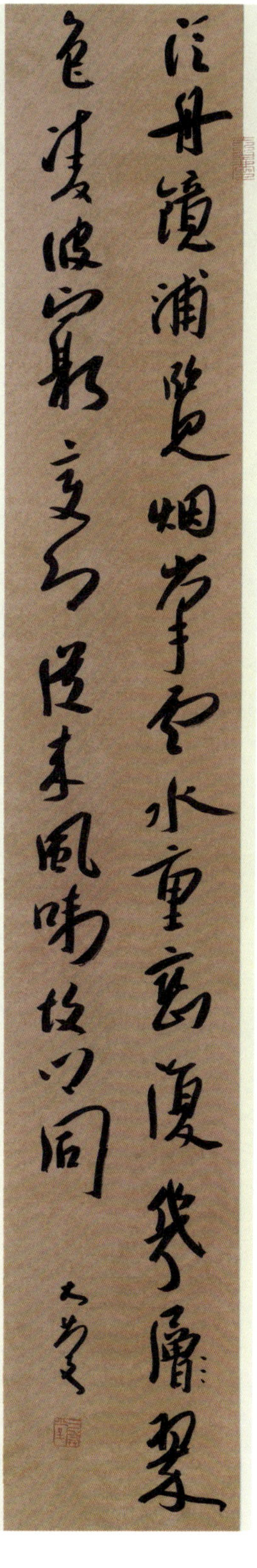

泛舟东阳湖

泛舟镜浦览烟峰，云水层峦复几重。
翠色凌波穷变幻，从来风味故乡浓。

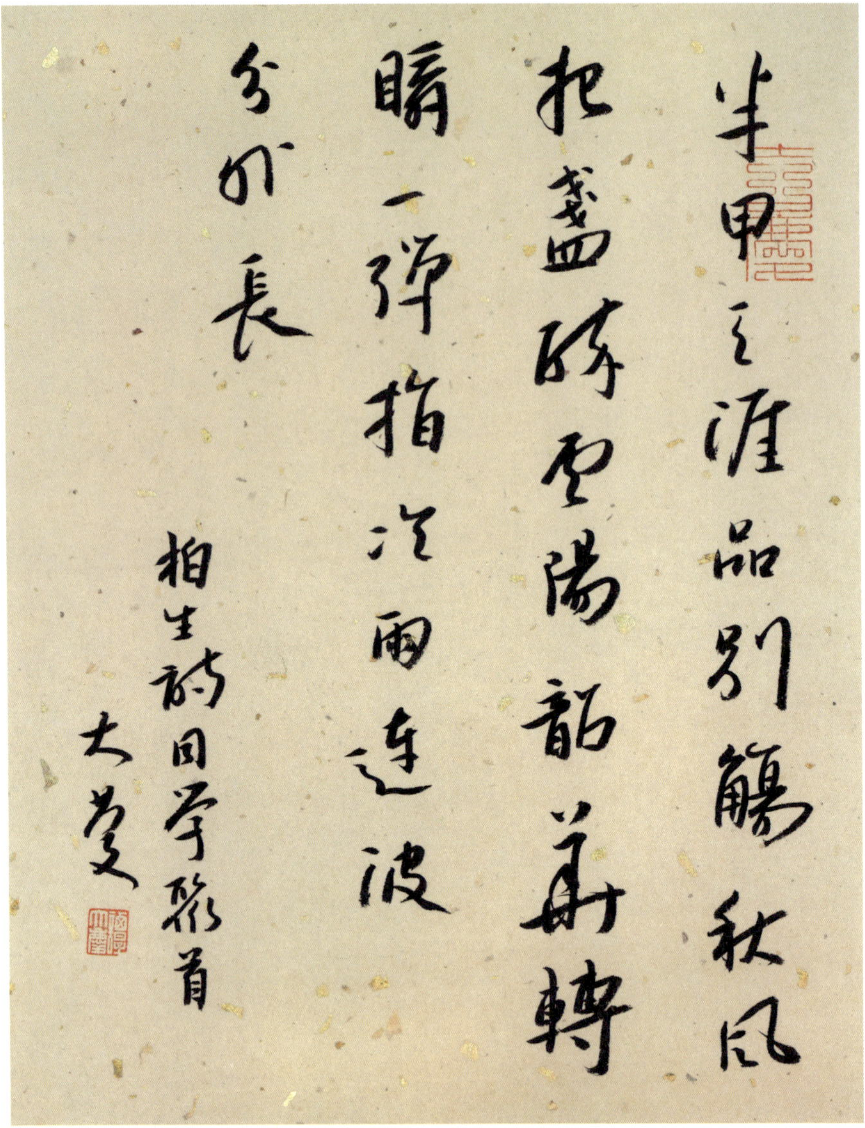

同学聚首

半甲天涯品别觞，秋风把盏醉云阳。

韶华转瞬一弹指，冷雨连波分外长。

半田天透品别饶秋风把盏醉云隐碧华转晖一弹指冷雨连波外长

癸卯夏录哲贤兄诗一首

同时聚首 茶陵龙建新

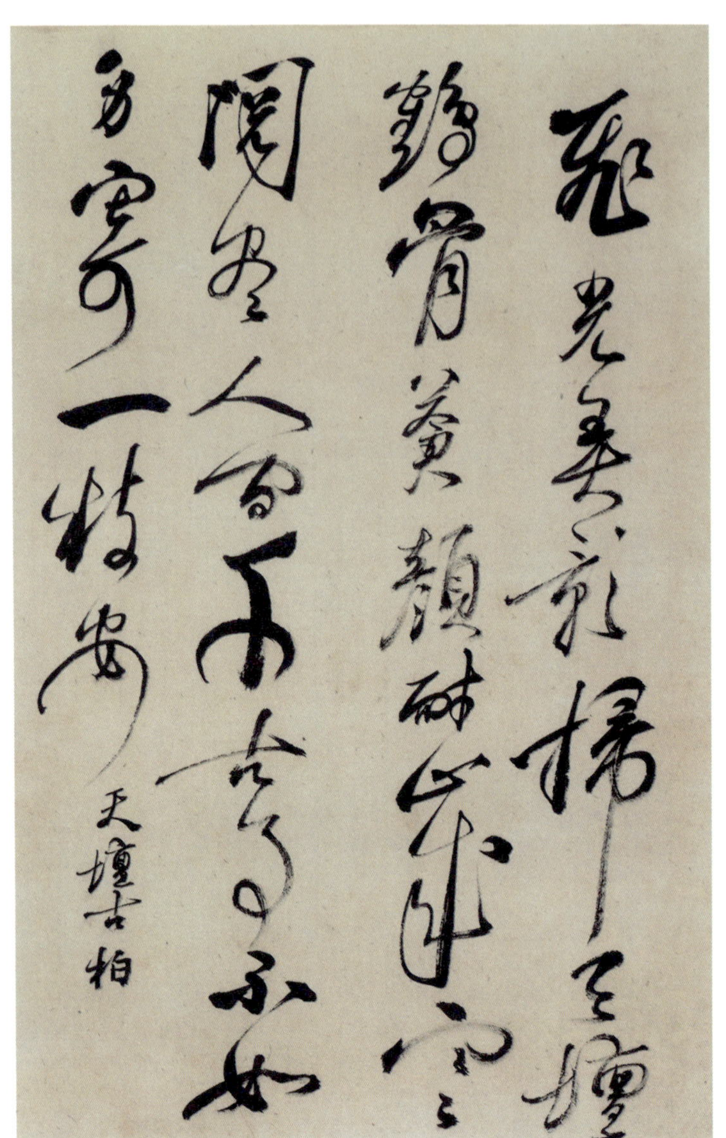

天坛古柏

飞光弄影扫天坛，鹤骨苍颜耐岁寒。

阅尽人间千古事，不如身寄一枝安。

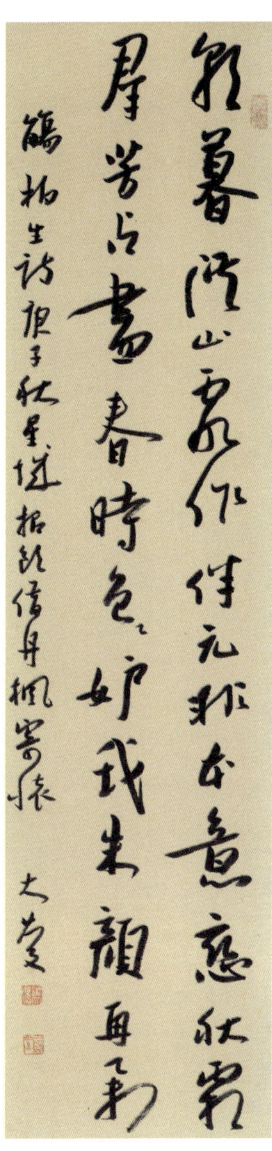

庚子秋星城招饮借丹枫寄怀

朝暮溪山霞作伴，元非本意恋秋霜。

群芳占尽春时色，妒我朱颜再举觞。

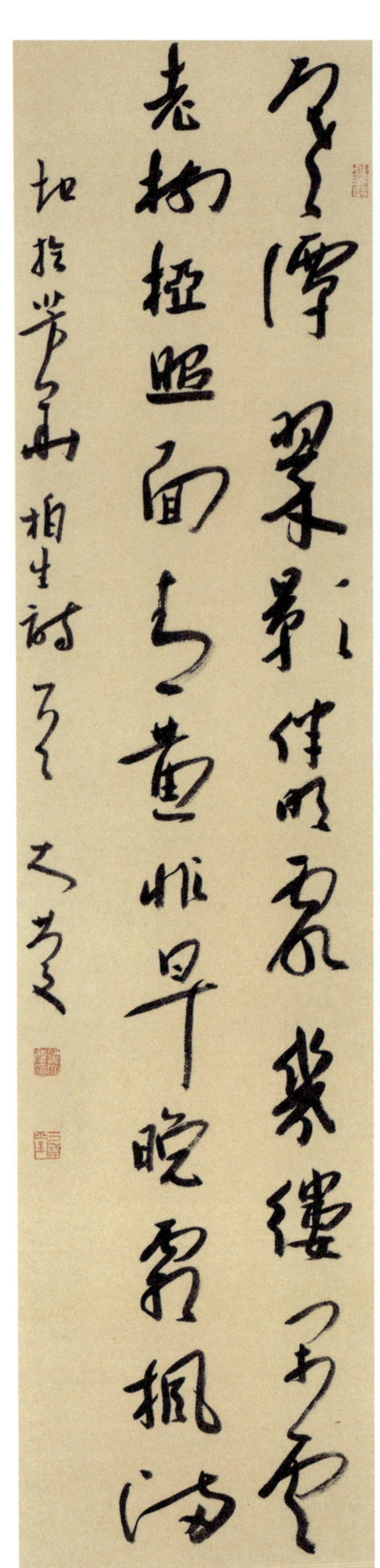

偕恩师游岳麓逢深秋

寒潭翠影伴明霞，几缕闲云老树椏。
照面青黄非早晚，霜枫满地拾芳华。

咏蝉

低藏廿六费流年，孤月疏星易境天。
翼满高枝鸣更寂，细吟天露弄清弦。

闲访彭老幽居

陌穷幽径现，犬吠老彭欢。
朝出天匀色，夕归日吐丹。
云居北山上，泥履稻田间。
春雨湿吟袖，秋声盼雁还。

撷芳词·逢秋

霞云暮，悲风顾。桂怜孤月花千树。秋飘朔，铅华末。香残颜弱，枯枝疏果。过，过，过！

茫茫路，南山雾。履霜愁绪冬难复。狂尘锁，穷途阔。数奇何幸？由来无我。乐，乐，乐！

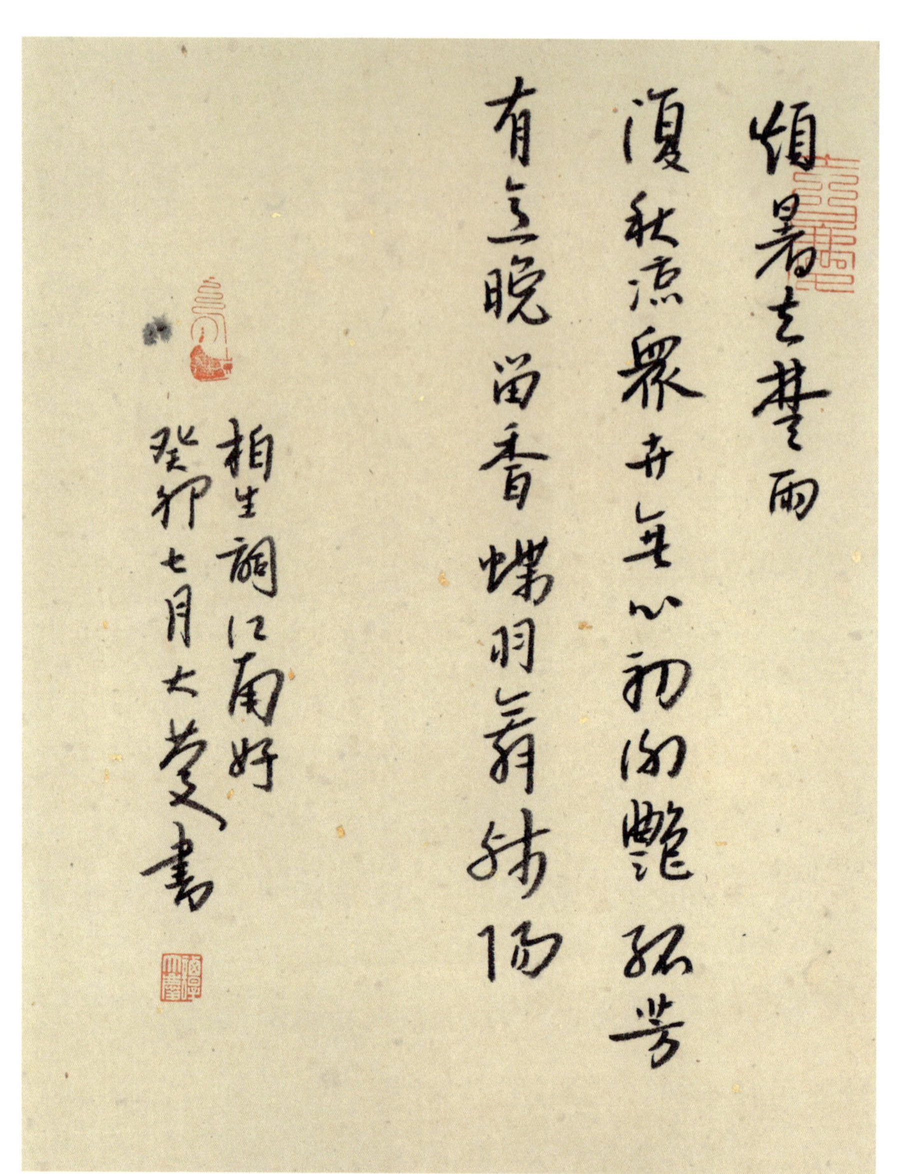

江南好

烦暑去，楚雨复秋凉。众卉无心初谢艳，孤芳有意晚留香。蝶羽舞残阳。

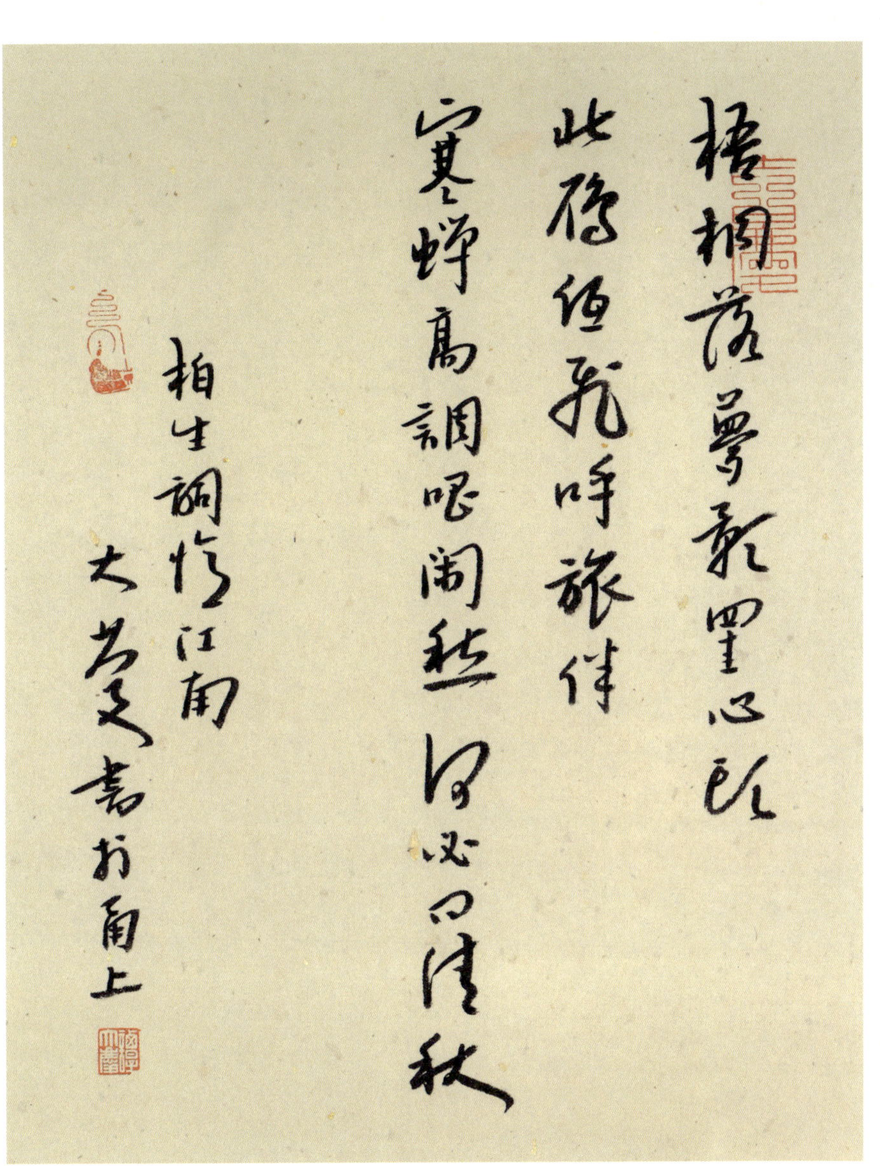

忆江南·秋意

梧桐落，梦影挂心头。北雁低飞呼旅伴，寒蝉高调唱闲愁。何必问清秋。

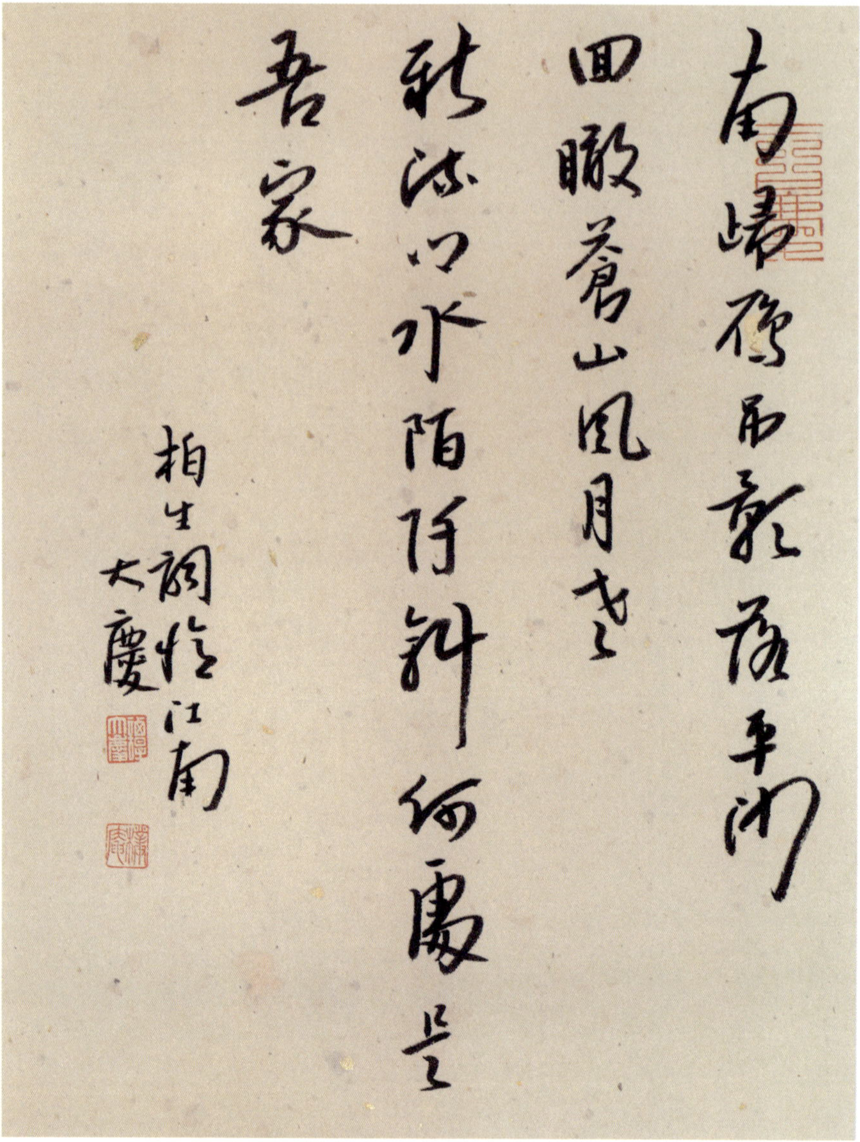

望江南·平沙落雁

南归雁，吊影落平沙，回瞰苍山风月老，新流乡水陌阡斜。何处是吾家？

第四辑

石枕山眠

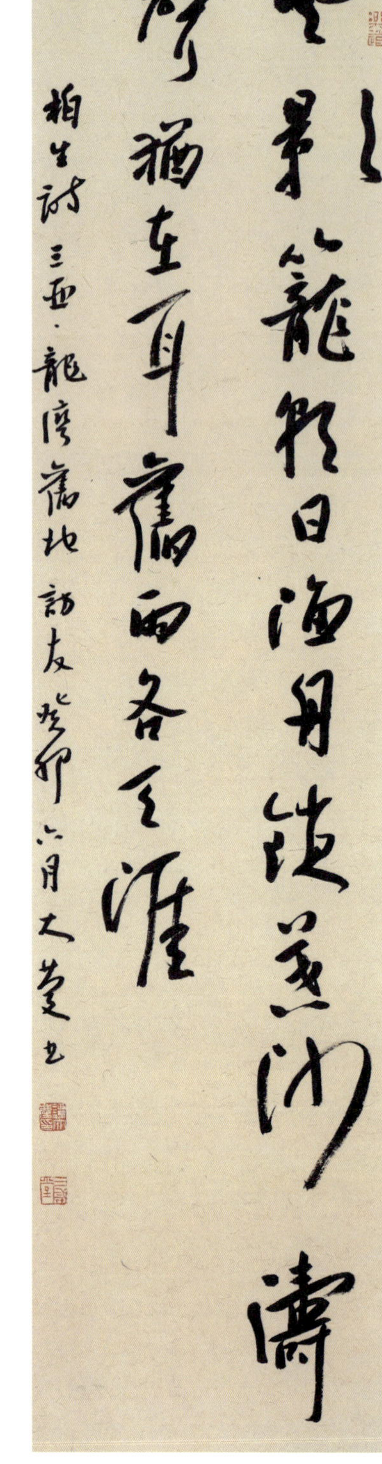

三亚亚龙湾旧地访友

云影笼朝日，渔舟锁暮沙。

涛声犹在耳，旧雨各天涯。

南昌万寿宫

残荷万寿宫，隐映象湖中。
水鸟蒹葭外，痴寻一萼红。

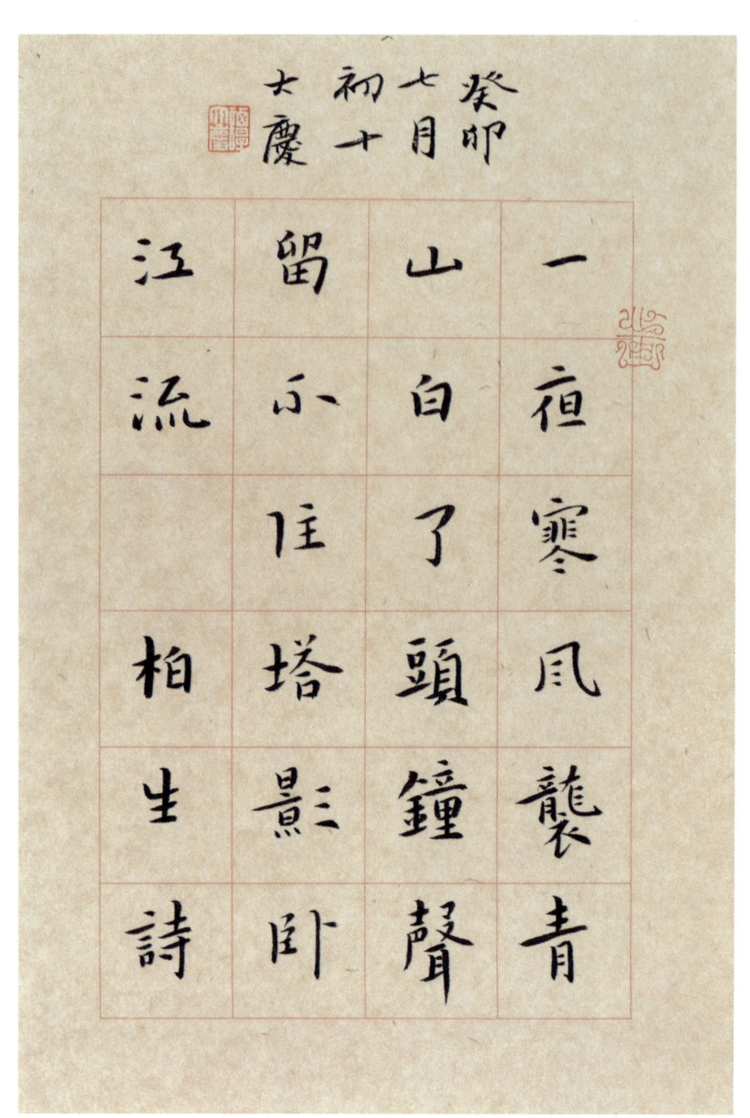

初雪登六和塔

一夜寒风袭，青山白了头。

钟声留不住，塔影卧江流。

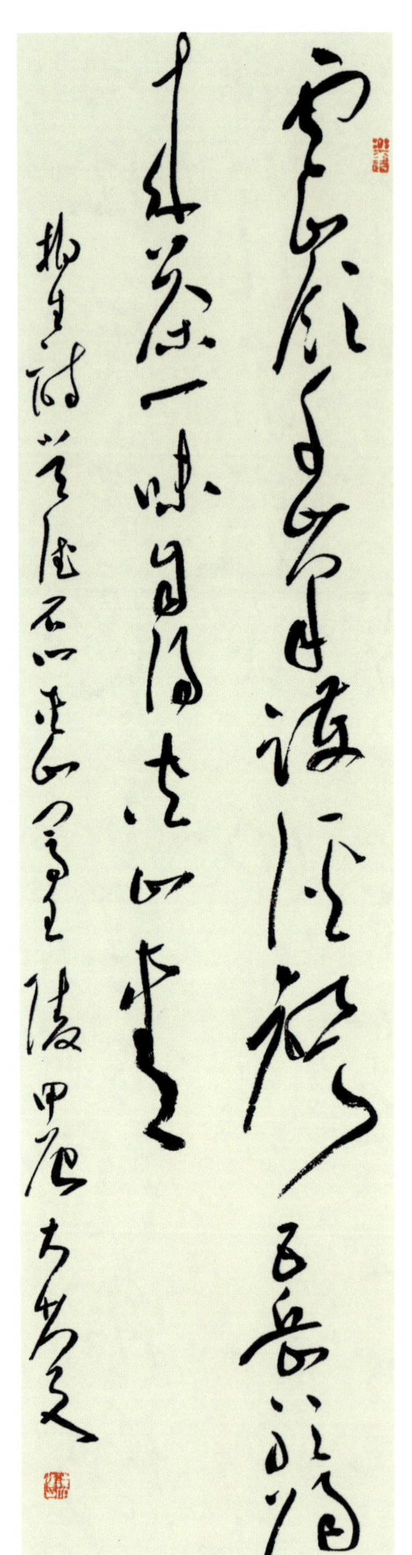

常德石门夹山闯王陵

云岭千峰护，溪声五岳听。

归来茶一味，自得夹山青。

雲嶺千峯護溪
聲五嶽聽歸来
茶一味自得夬
山青
柏生詩

癸卯七月初七大慶

曲幽谷

谁遗茶花落，何缘腊雪融。
听泉幽谷里，响瀑问山风。

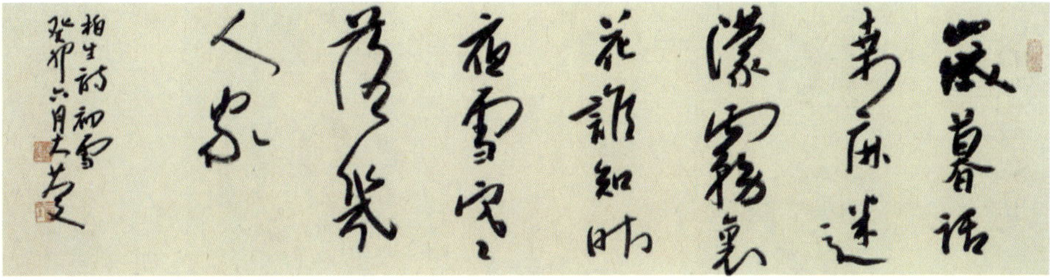

初雪

岁暮话桑麻，迷濛雾里花。
谁知昨夜雪，寒落几人家。

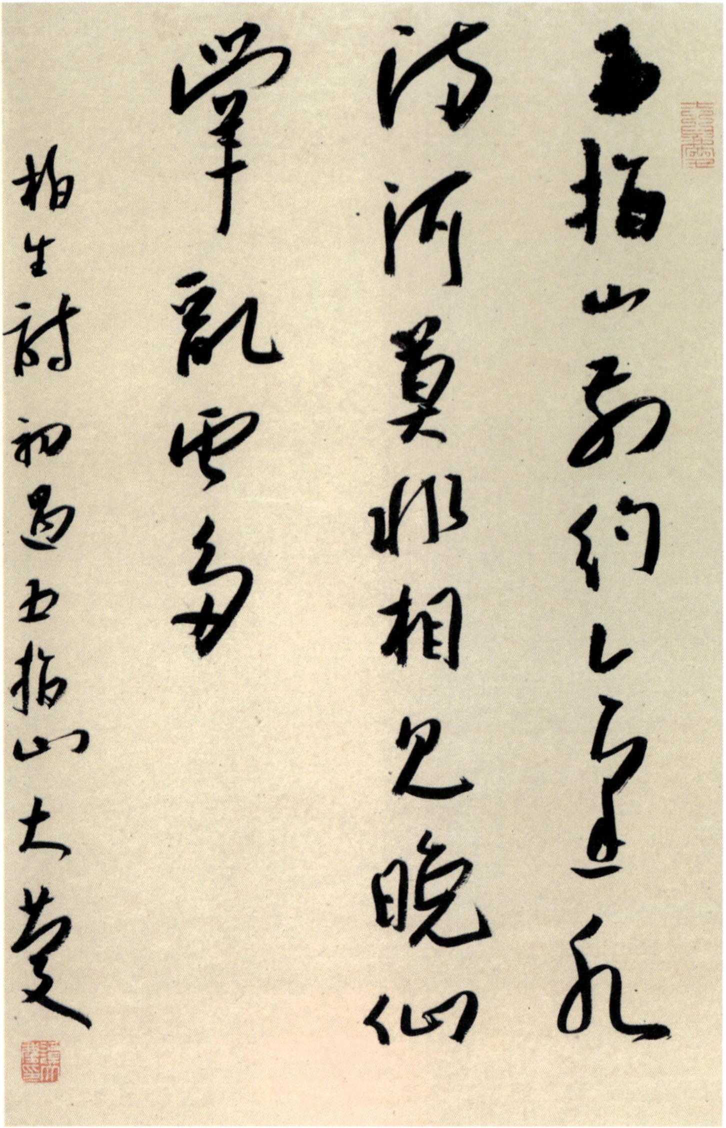

初遇五指山

五指山前约，今逢水满河。

莫非相见晚，仙掌乱云多。

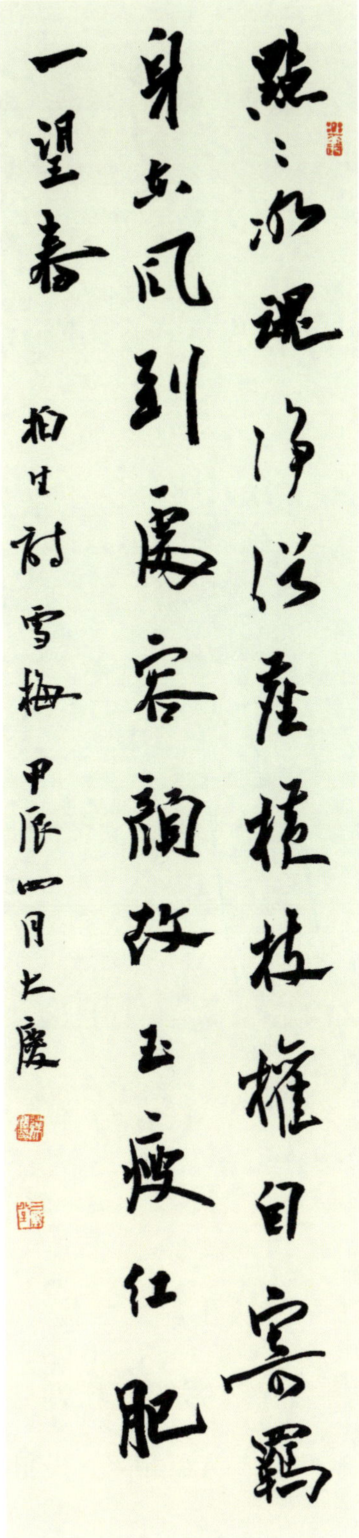

雪梅

点点冰魂净俗尘，横枝杈且寄羁身。
东风到处容颜改，玉瘦红肥一望春。

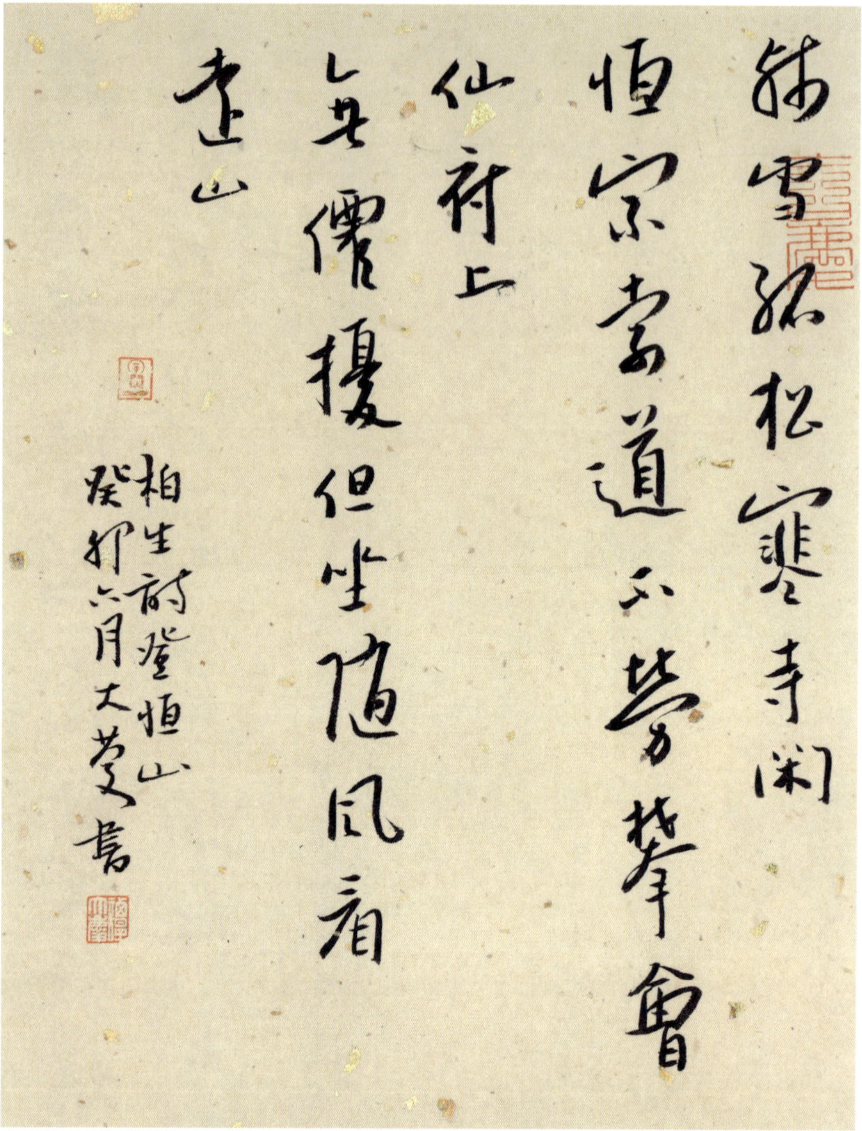

登恒山

残雪孤松寒寺闲，恒宗索道不劳攀。
会仙府上无仙扰，但坐随风看远山。

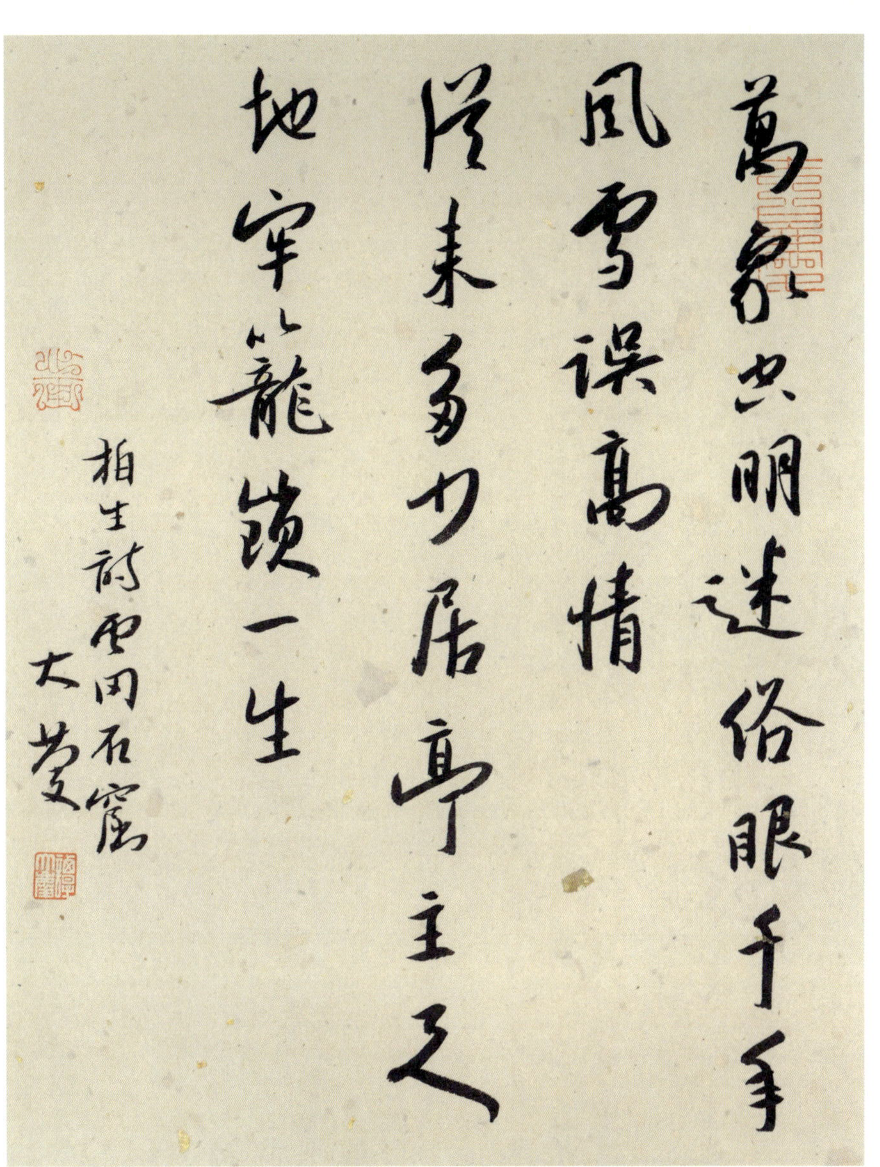

云冈石窟

万相空明迷俗眼，千年风雪误高情。

从来多少居亭主，天地牢笼锁一生。

游土林途中偶感

青蓝黄紫绿橙红，云雾山川南北风。
到处元来皆胜景，何需听尔道西东。

己亥年岁暮感怀

霜风吹不止，忽忽近年关。
折柬邀朋至，燃炉御岁寒。
尘喧心磊落，夜静月孤单。
山水知音在，清弦自可弹。

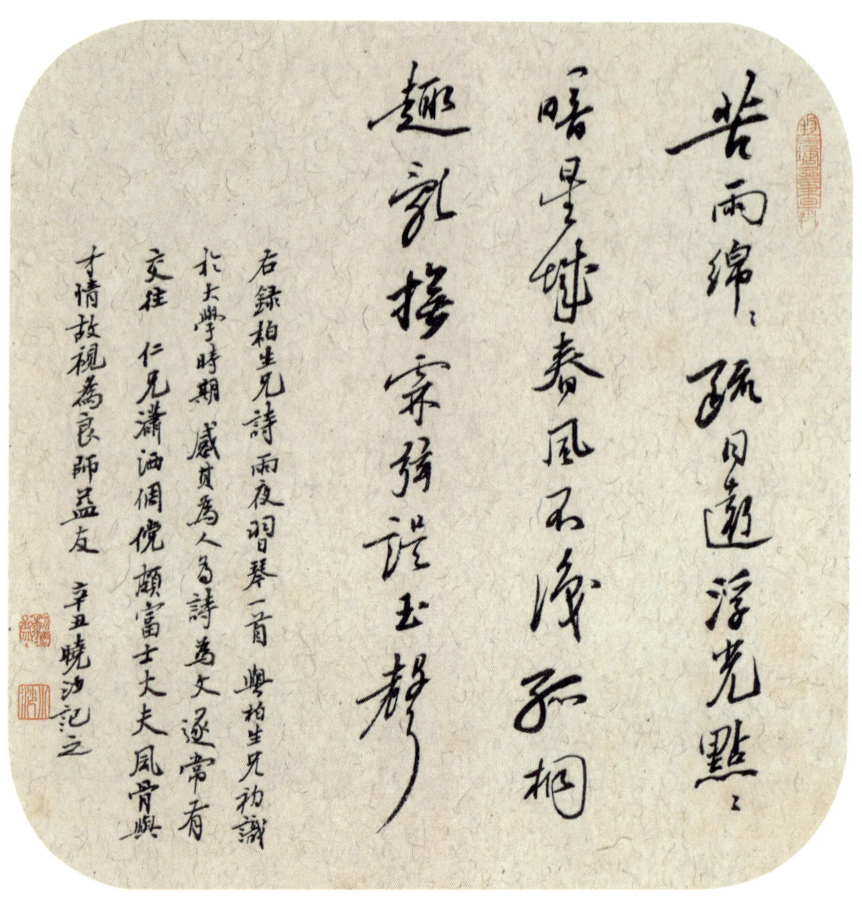

雨夜习琴

苦雨绵绵疏日远，浮光点点暗星城。

春风不识孤桐趣，乱抚霖弦误玉声。

醉墨

欢飨流香后，挥毫纸未干。

谁知昨夜里，醺墨醉河山。

白露为霜

白露寒秋水，荷池稗草黄。
亭亭莲弄影，皎皎玉含光。

雪茄

燃指红尘里，温存一缕云。

风闺先识味，何惜吝清芬。

金岳农庄写意

清风添野趣，微雨洗嚣尘。
有树皆垂果，无花不报春。

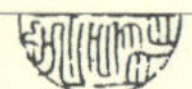

杂诗

陌上绿荫添，蛙鸣水草间。
奈何春去早，聊复待来年。

腊八有感

今辰逢腊八，检点略无暇。
风卷残冬去，来春更惜花。

游园

吹柳惜飞絮，拈花寄故人。
红残风又起，寥落一湖春。

儋耳龙门激浪

龙门三尺浪，磐石几回潮。
风激千重怒，鸣声恨不消。

清明

停云离泪散，落叶去柯闲。

雨过清明复，浮生一梦间。

棋

高低本未分，黑白易风云。
水弱藏千界，林深不识君。

书

希声迷六老，玉色入幽田。
对面无只语，兰交有众贤。

富春江

千岭富春翠，前波后浪间。
一蓑青箬笠，敢钓大江山。

初见富士山

残雪似相迎，飞云掠远风。

白樱[①]无觅处，或被锁神宫[②]。

【注】①白樱：指东京樱花，花瓣白色或风红色，属于日本国花，此处为借指。

②神宫：指日本明治神宫，此处为借指。

琴

红袖坐松风，天君醉碧空。

知音何处觅？尽在指弦中。

辋川凌云洞

扫径凌云洞，随风入辋川。

逢时春正好，诗玉种蓝田。

金沙滩之夜（口占）

烟火上灯台，蟾光下不来。
诗潮无须约，把酒自安排。

武汉汉阳江滩

风蝉露下自鸣秋，丝柳晴川鹦鹉洲。
赚得羁人多少泪，千帆难载一江愁。

【注】本诗为携母亲至协和医院就医所作。

化龙池公馆会友偶感

依莲清气慰风尘，更借幽兰寄此身。
哪管闲庭堂上客，笼莺鼓腹自鸣春。

文山故里行

一江白鹭一沙洲，一曲长歌碧水流。
一叶攀枝花一季，一腔正气树千秋。

无题

平生无计避尘氛，幸有云枝寄此身。
松竹为邻时可聚，石泉清酿一壶春。

武隆纤夫

汗帕肩头留地缝，足边无履印天坑。

千年河曲今何在，川上风闻号子声。

立秋日桂林毛洲岛小憩

吟蝉午枕竹荫凉，追日溪童戏水忙。
翻忆桃源残梦里，风前百果递秋香。

重游九寨沟

一天四季任心裁，九寨金枫镜海开。
傲雪深情胸臆绕，冰泉洌洌众山来。

夜宿珠峰大本营

何如定日[①]牧云人，高卧星河钓玉轮。
雪岭多情搔白首，嫦娥可想返红尘。

【注】①定日：县名，位于西藏日喀则，珠穆朗玛峰所在地。

东江湖桃花岛

脉脉蒹葭萦浅渚，粼粼碧水泛秋波。
停舟借宿桃花岛，诗溢东江月色多。

登云阳祈丰台逢端午

端阳雨泼紫微峰，谁惹天公怒九重。

非是万流能作主，野云几片数声钟。

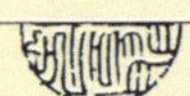

新田农家大院

门楣久远见斑斑，大院清恬意自闲。
喔喔啼声惊晓梦，荷锄人已对青山。

沱江风月夜

流光影里醉香风，爱侣依依月下逢。
多少缠腰偎面客，同舟可否梦相同？

雨中游张谷英村

墨瓦青岩沁润凉，惊鹅迎客入方塘。

一溪秋雨清流古，萍绿依荷稻谷香。

湘潭万楼采风

凭依湘水集盟鸥，一脉骚风起万楼。
宝顶借来权作笔，向天浓抹晚来秋。

永锡风雨桥

知吾到处有逢迎，流水高山听故情。
伫立桥头思万绪，任由风雨洗尘缨。

游上堡古国

参天朽木和苔卧，彻耳山风戏水吟。
几缕炊烟添故事，空余千古有遗音。

寻春

风归老树着新芽，傲寄芳魂有几杈。
开落还随流水去，寻梅不遇访桃花。

下班路上偶感

车往车来上下班，几家歌宴几家闲。
独怜岁月无归处，痴对霜风两鬓斑。

秋日过橘子洲

蝉琴蛙鼓问行藏，拂面风来桂子香。
悟得潇湘无限意，丹枫如画染秋霜。

归途

千年古木不知秋，苍岭行云任去留。

一路风尘偕素月，忍看暖日落山头。

无题

寒日三时藏笑靥，凄风到处掠疏林。
谁知连夜无情雨，应是江湖水更深。

至日飘香藤

微阳至日报春迟，香暗文藤傲首垂。
多是风轻蝶不待，茎伸无意附攀谁？

晨晖

乱云蔽日千峰没，惊浪随风四海还。
好在晴晖诗胜笔，丹霞一抹统河山。

张家界途中值重阳偶感

霜风孤旅更重阳，岐路连山任导航。

脚下余程知几许？心头雁影是他乡。

和顺古镇醉怀有寄

萍逢久雨趣无多，对眼痴言复奈何？
切莫擎杯当话筒，独陪龙姐唱云哥。

跻攀悬空寺

梵宫千载挂崖边，一山俯仰半山悬。
古往今来名利客，上问门神下问仙。

黄果树瀑布

云汉飞流白水河，凉风起韵和山歌。
秋声难作诗情咏，便借青虹卧碧波。

踏浪巴厘岛

重洋不阻黄河水，万古还生秦岭云。

博浪寒商南复北，何曾识得孔方君。

咏腊梅

白蕊琼林孤冷艳，青松玉管暖寒香。
春来冬去群芳闹，却把云心傲骨藏。

崂山茶歌

咸风淡雨赋崂山，堪取芳华炼九还。
何计茶余些子事，炎凉方觉是人间。

无题

昨日闲花月下寻，杳无消息到如今。

赊来寂寞三钱酒，醉了愁云一片心。

赠别

落日长亭别酒同，飞花雁路各西东。
银钩斜挂云河外，独钓寒山一夜风。

天净沙

泥墙别院邻家，青椒茄子丝瓜。

水岸披风钓者，长竿挥罢，钩来一串珠花。

长相思

橘子洲，柳叶洲，千里江云不忍留。余思独上楼。

春意柔，风日柔，照水无言倩影浮。心花付片舟。

如梦令

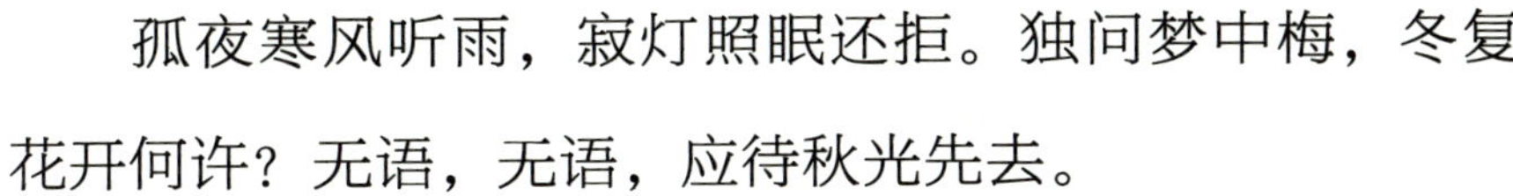

孤夜寒风听雨，寂灯照眠还拒。独问梦中梅，冬复花开何许？无语，无语，应待秋光先去。

清平乐·中秋

萧辰清好，鸣露寒蝉了。目断鸿飞音信杳，坐看白云宿草。

山枫欲语还羞，邀杯对月江楼。不寐相思万里，分明恰是中秋。

苍梧瑶

休。漫漫山阶几许愁？苔青处，闲亭莫忘忧。

缘，芳草天涯自古难。桃花雨，何故落梨园。

【潇湘八景】望江南·潇湘夜雨

潇湘客，期雨暗星空，波上沉舟心画里，山间浮艳戏言中。依旧怨秋风。

同学深圳聚首

三十年深圳，三十年深杯。高老庄煮新酒，还能醉几回？走过风雨，往事已然成灰。今夜清风为媒，邀三星斜月共饮，全世界作陪。

画作作者：邹辉，号问来楼人，湖南湘楚书画社副社长，湖南省作家协会会员，湖南省美术家协会会员

联语数则

自行车

脚踏乾坤随链转
手持风雨任轮回

店、桥六唱

驻马荒村孤店后
横舟远浦断桥边

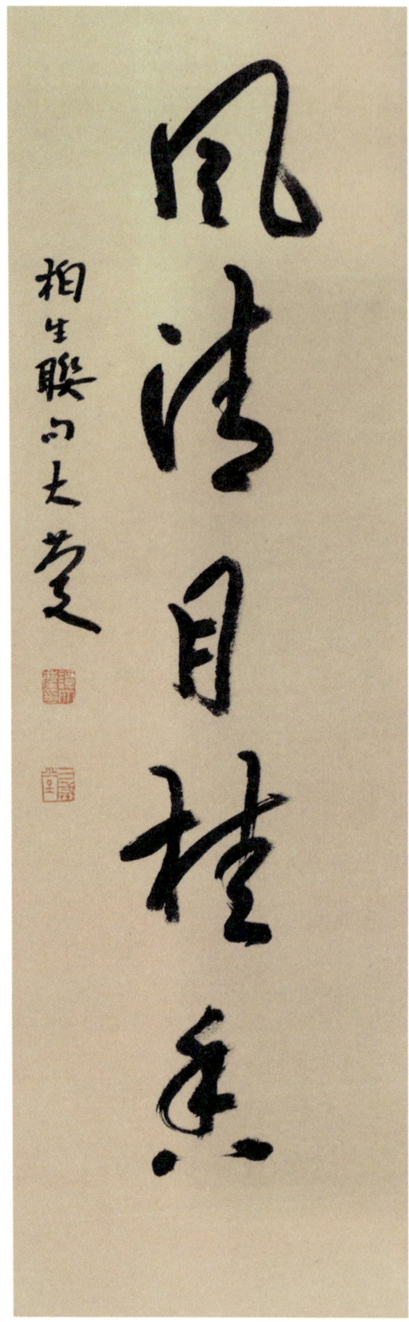

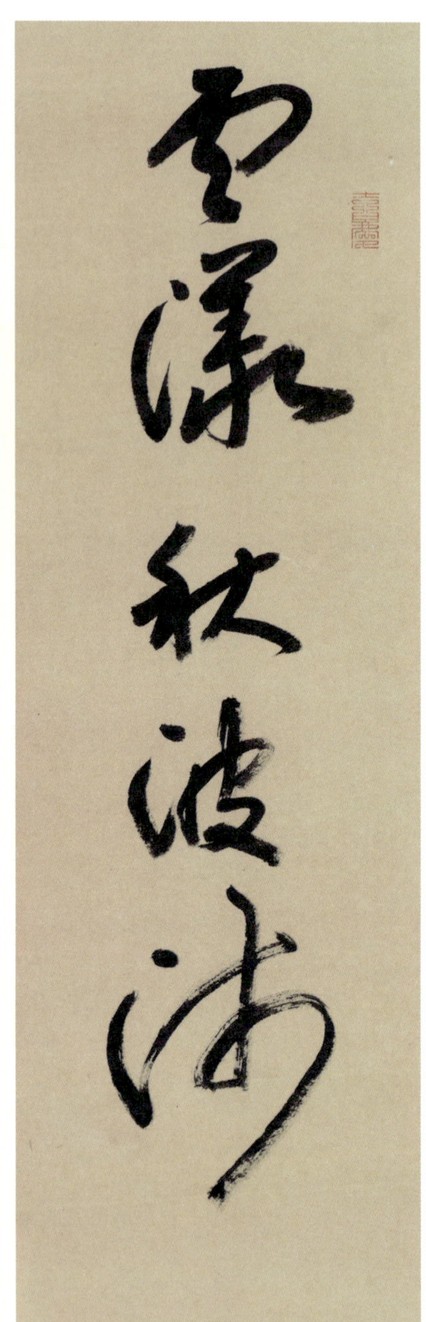

云漾秋波浅

风清月桂香

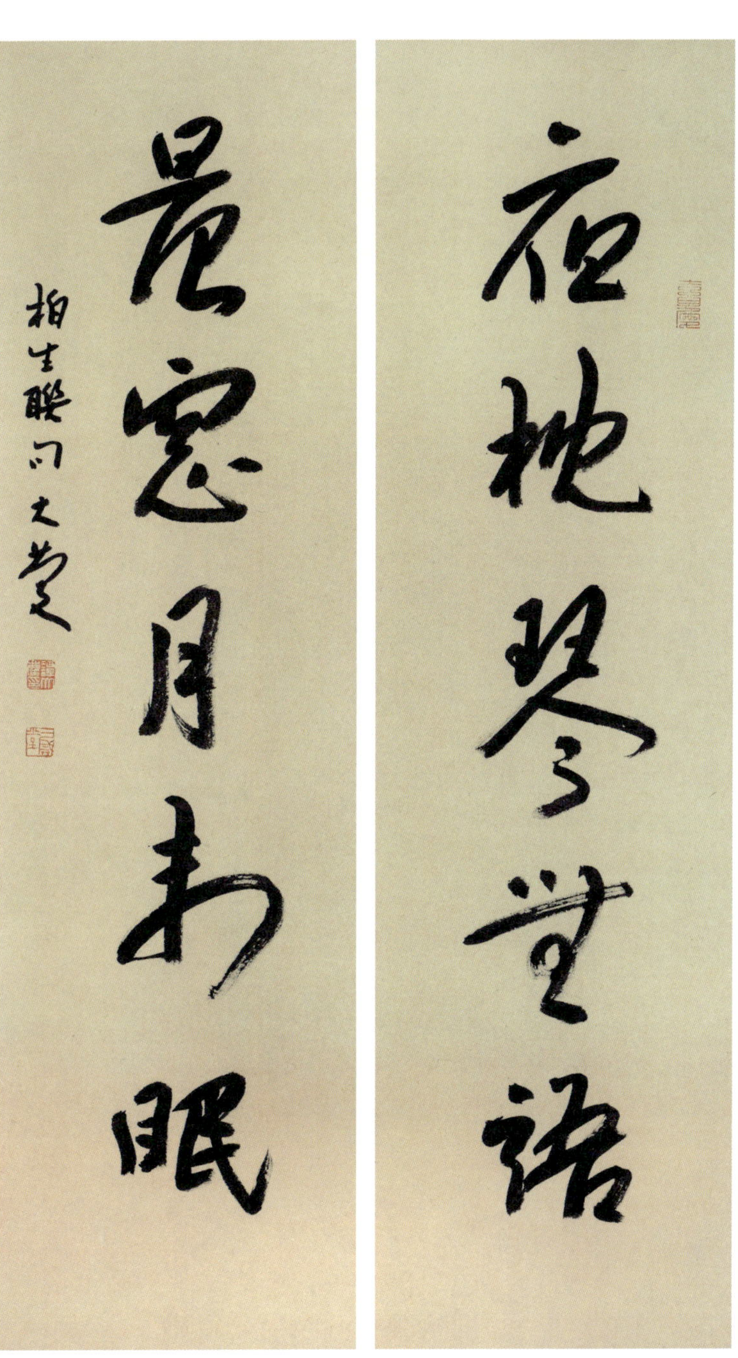

夜枕琴无语

晨窗月未眠

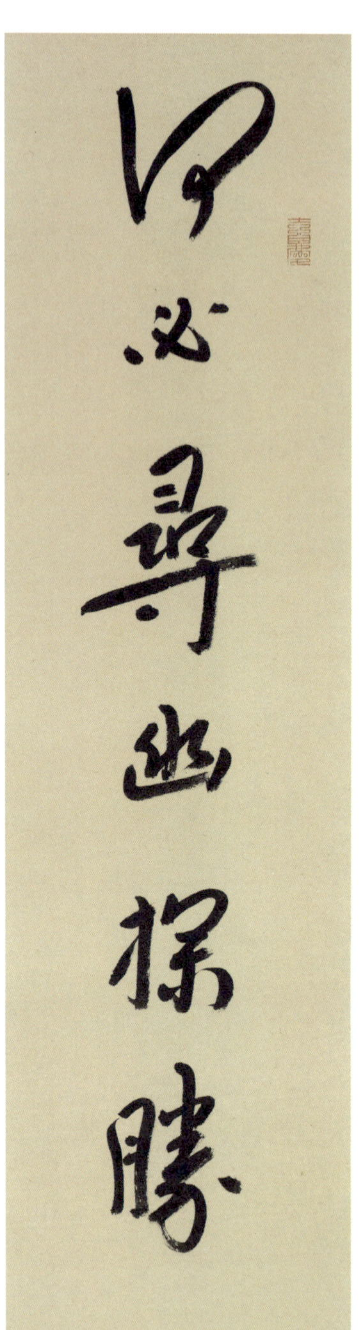

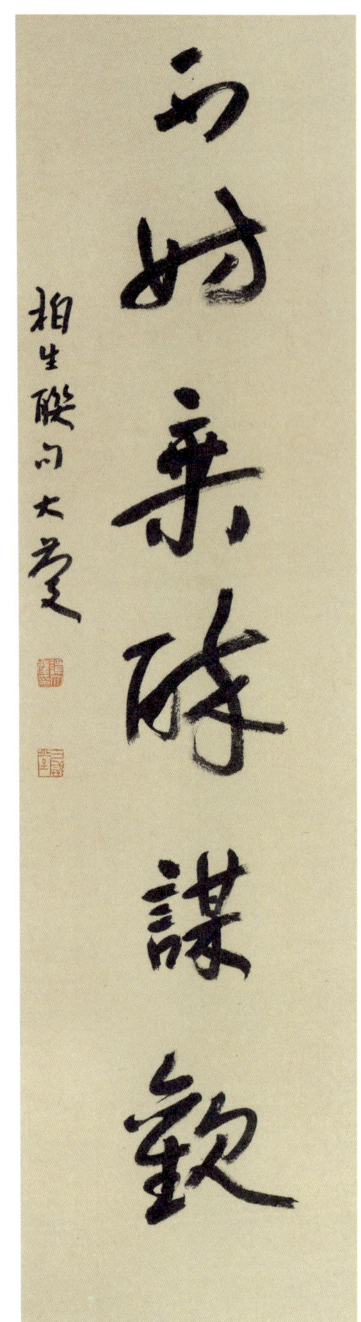

何必寻幽探胜

不妨乘醉谋欢

身似孤云野鹤

心归高树鸣蝉

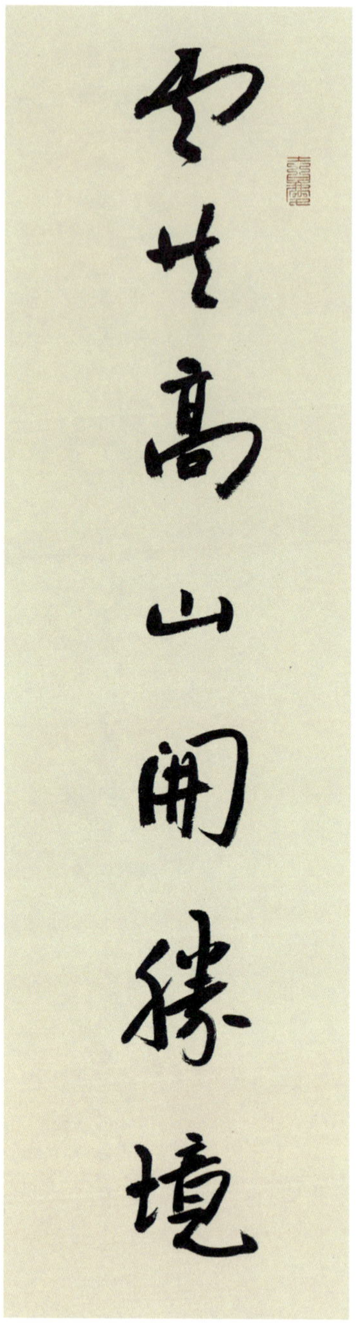

云共高山开胜境

花随流水弄清音

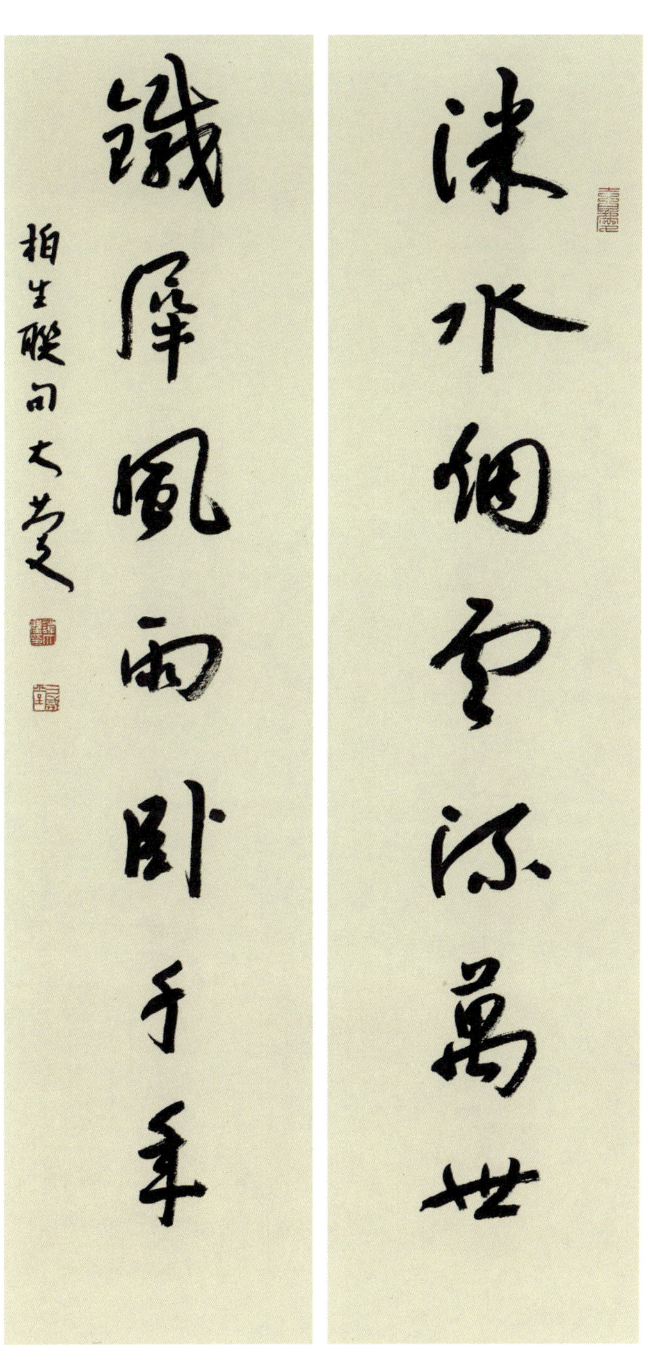

洙水烟云流万世

铁犀风雨卧千年

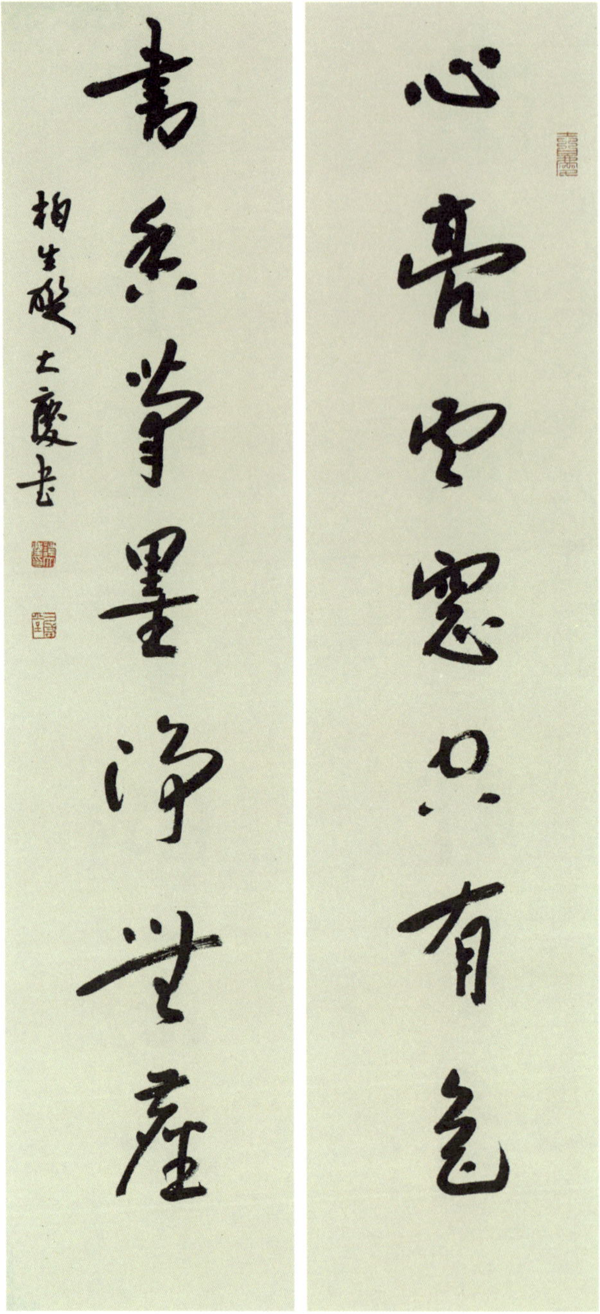

心亮云窗空有色

书香笔墨净无尘

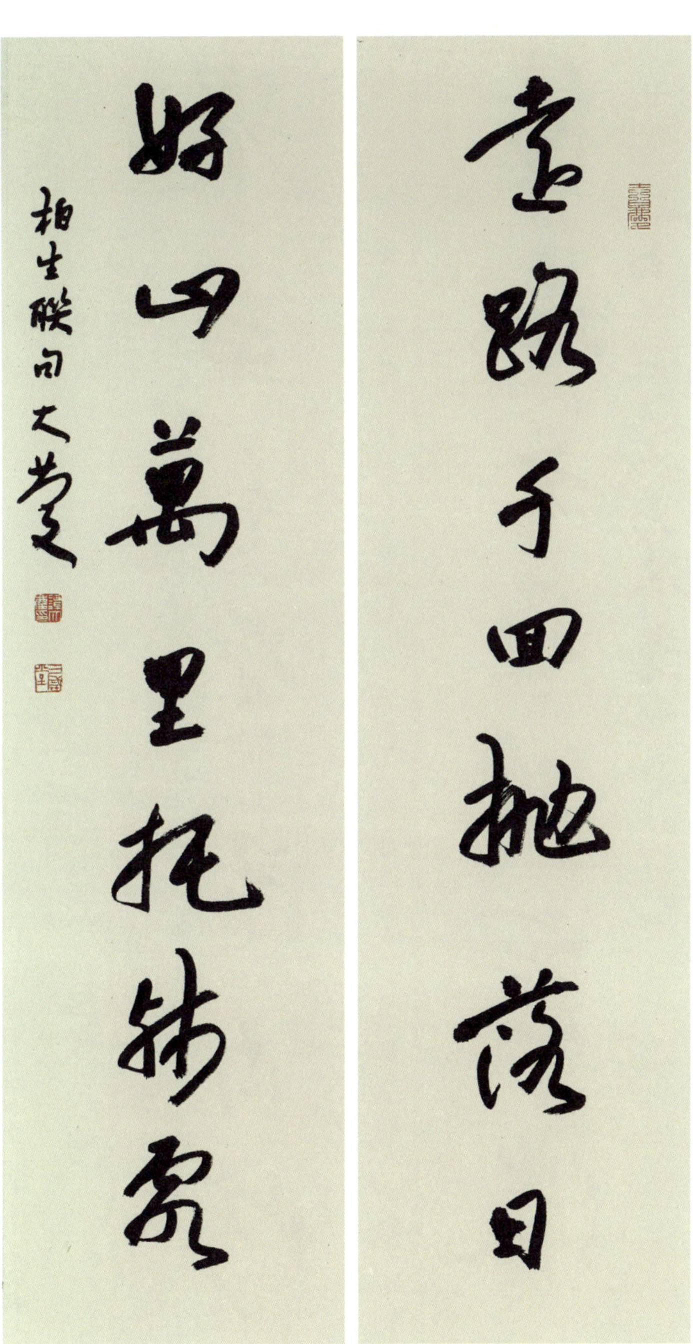

远路千回抛落日

好山万里托残霞

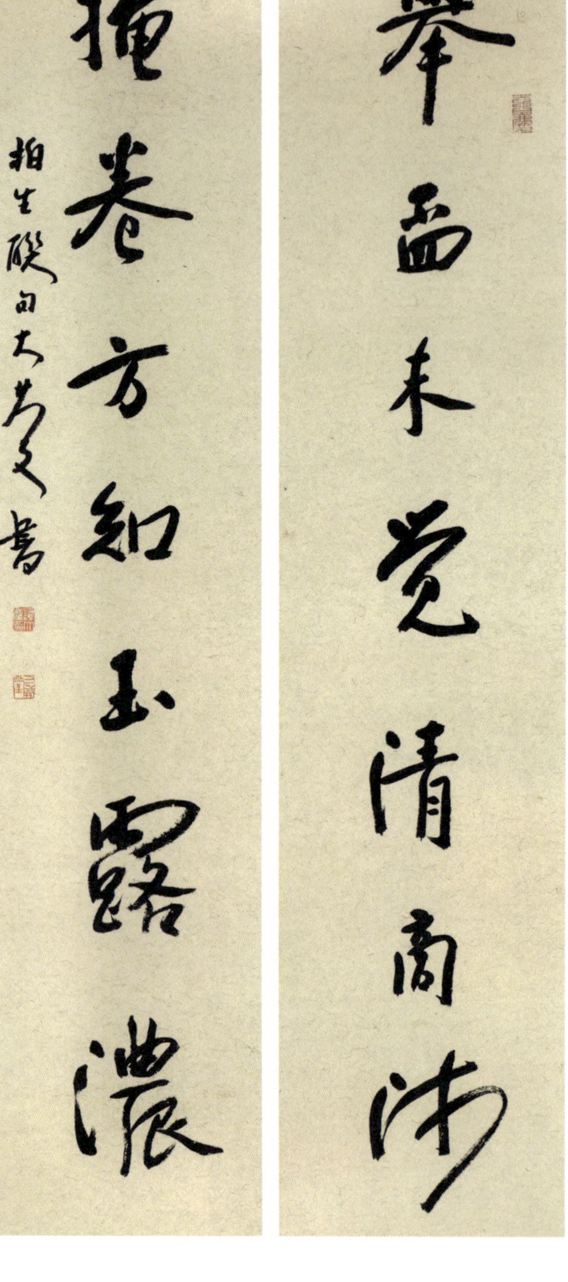

举杯未觉清商浅

掩卷方知玉露浓

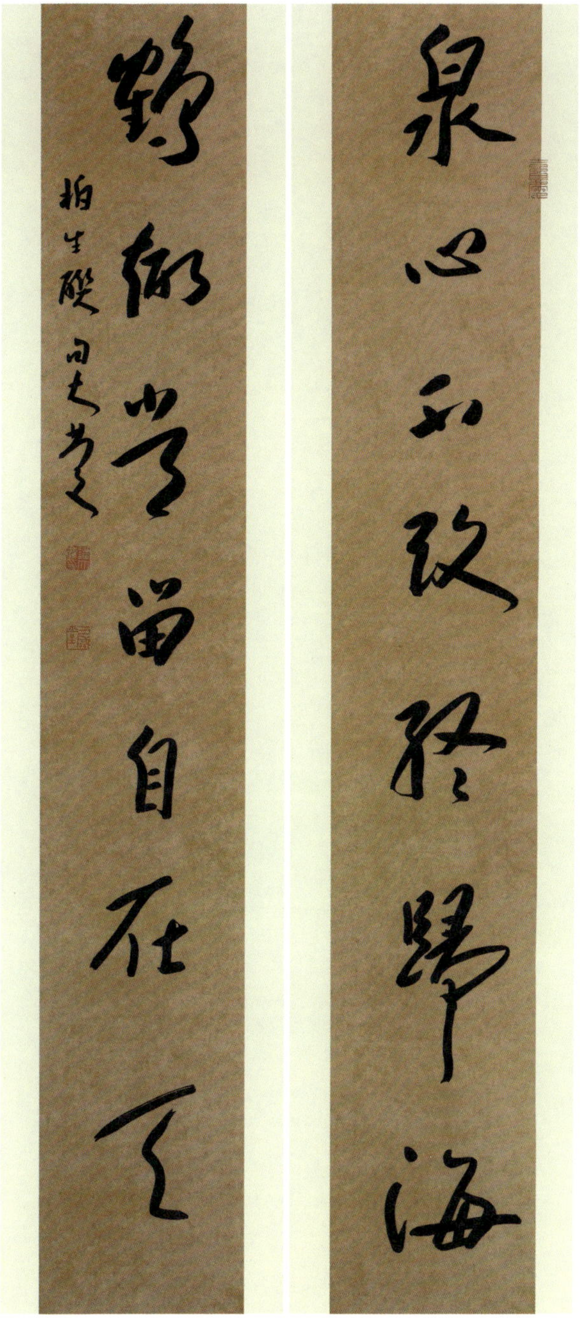

泉心不改终归海

鹤趣常留自在天

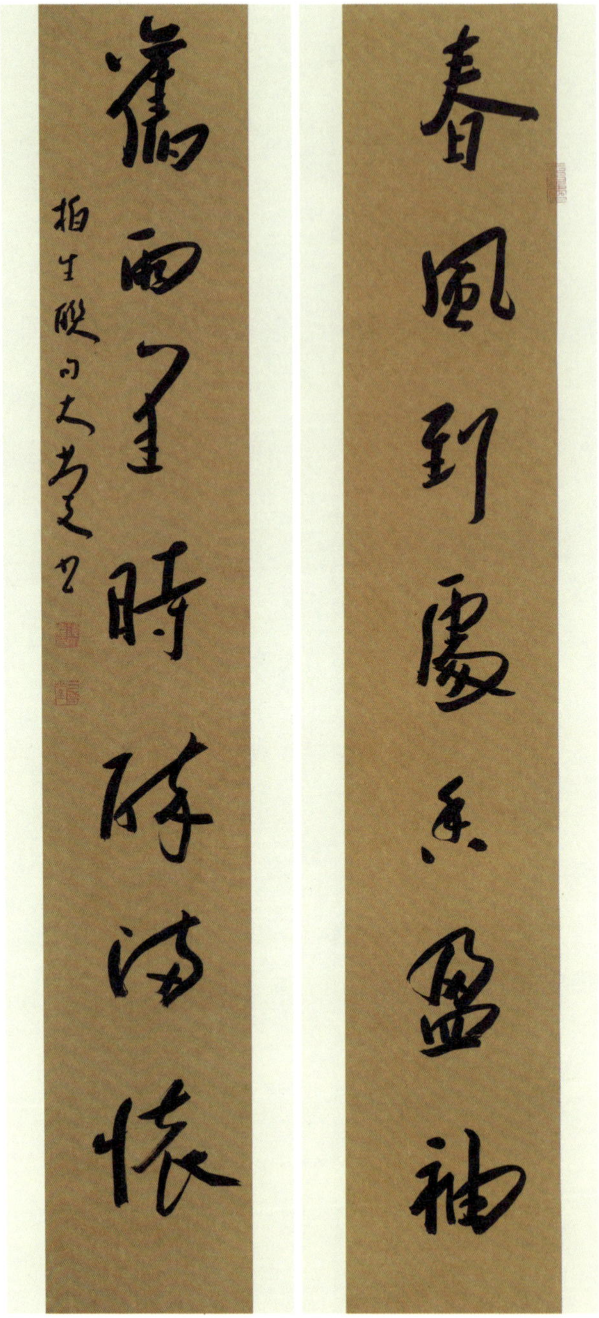

春风到处香盈袖

旧雨逢时醉满怀

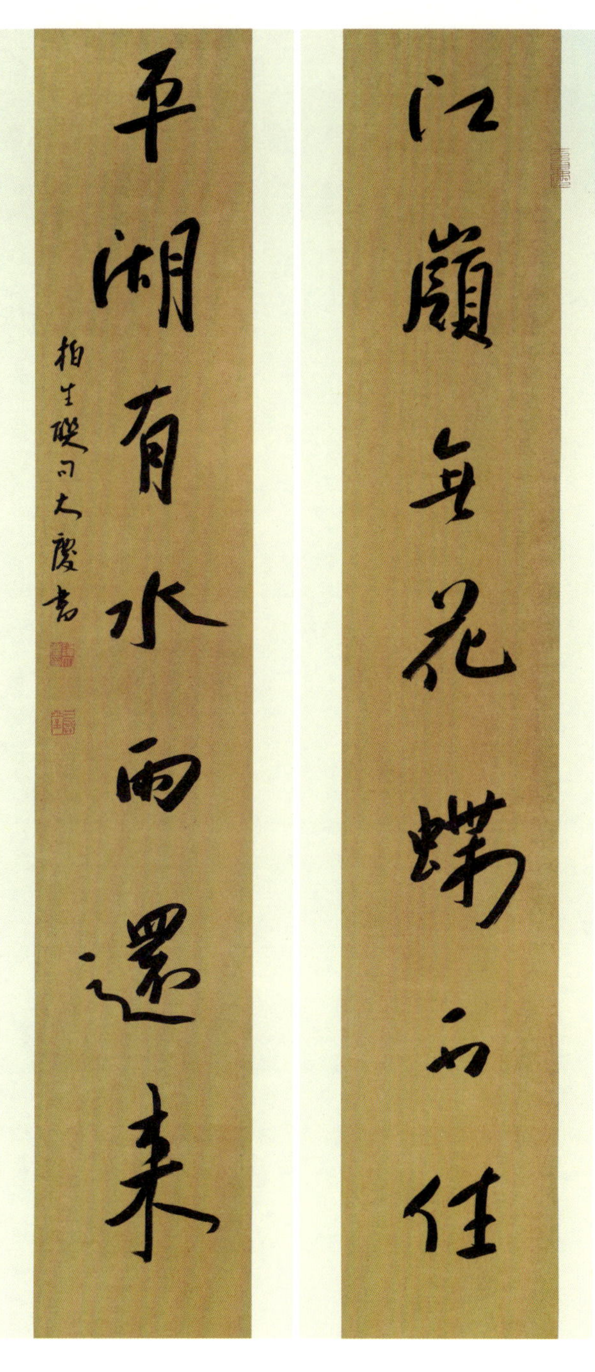

江岭无花蝶不往

平湖有水雨还来

一朝书卷山河气

来日诗吟杨柳风

坐来空谷云生曲

弹到流泉鹤满琴

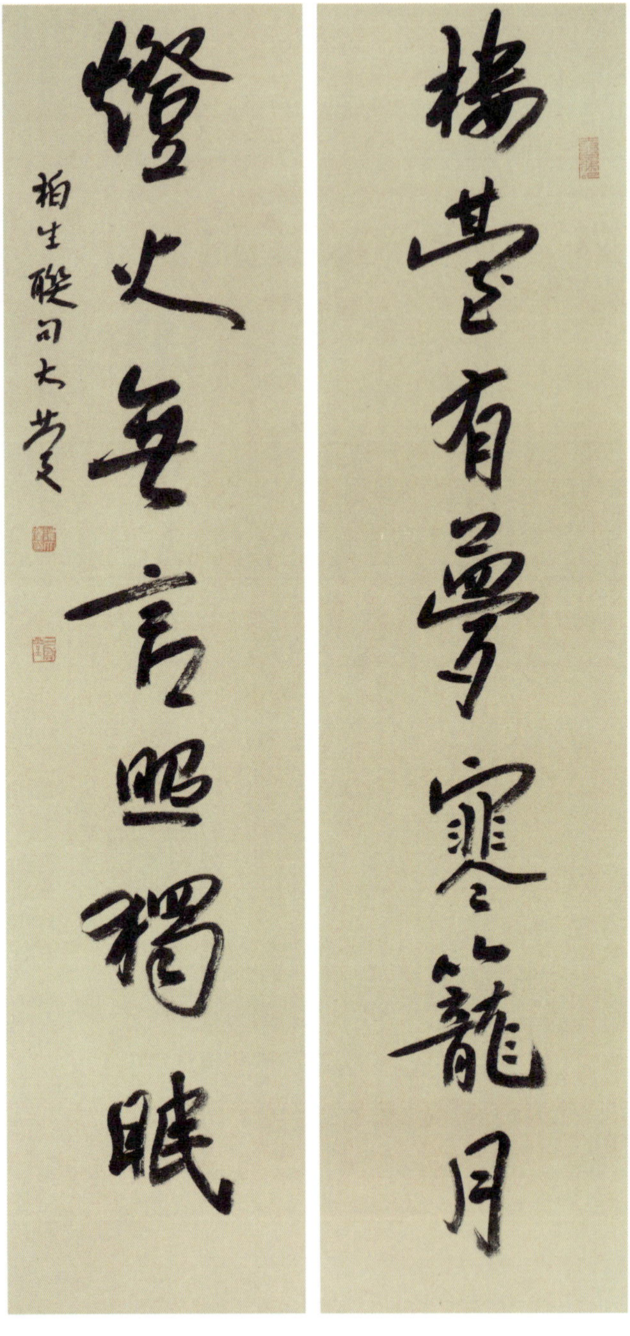

楼台有梦寒笼月

灯火无言照独眠

无弦流水知音少

不语闲云得意多

半舫茶烟怜月色

一帘花影动琴声

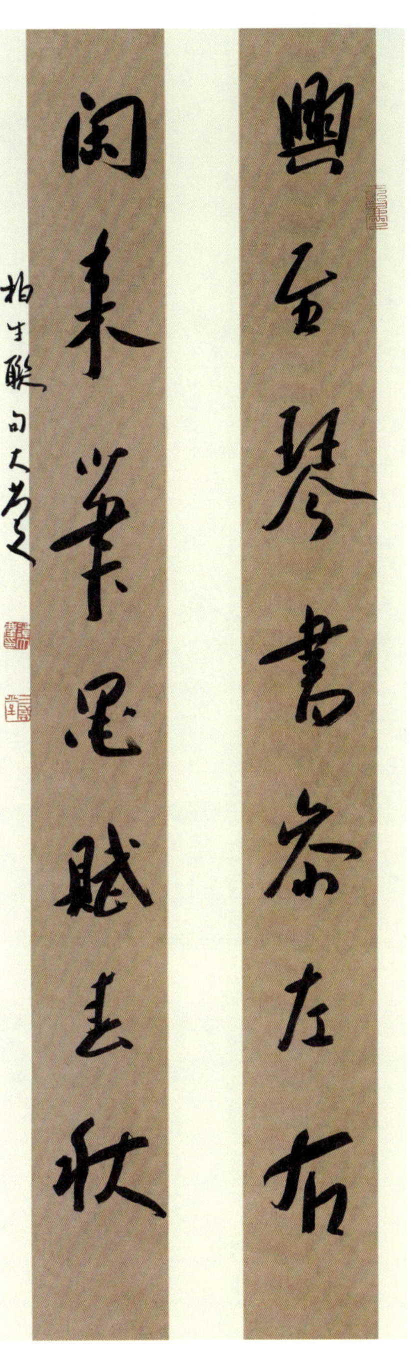

兴至琴书参左右

闲来笔墨赋春秋

犹喜曾经芳草妒

不堪回首暮云羞

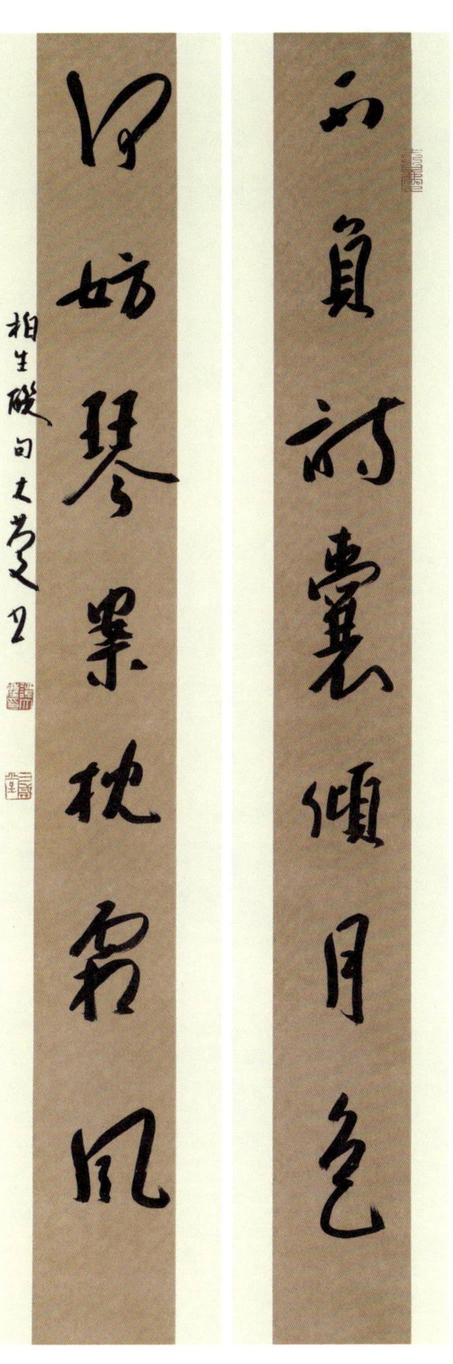

不负诗囊倾月色

何妨琴案枕霜风

附

诗坛留影

2017年8月19日，参观北京大觉寺与诗友合影，前排中为恩师周笃文，右一为李军

2018年2月13日，在汨罗与著名诗人周笃文（中）、任建云（右一）合影

2018年12月2日，在广州出席《鞭影集》新书发布会

2019年3月14日，在北京大学与著名书法家王岳川（中）、黄君（左一）合影

2019 年 3 月 16 日，在广州与众诗友合影

2019 年 7 月 24 日，在汨罗影珠书屋与恩师周笃文及诗友合影

2020 年 5 月 19 日，在长沙县星沙与著名诗人刘庆云（左三）、赵焱森（右三）、陈家书（右二）合影

2020 年 10 月 2 日，与家人朋友参观汨罗影珠书屋后合影

2020年12月13日，在汨罗与著名诗人周文彰（左一）、周笃文（中）合影

2020年12月14日，在汨罗与恩师周笃文及诗友合影

2020年12月14日，在湘阴南园与恩师周笃文（中）、诗友蔡世平（右一）合影

2021年4月19日，在贵阳龙场问道，左一为贵州酒道馆创始人叶桂霞

2021 年 9 月 10 日，在贵阳云山居所与恩师周笃文合影

2022 年 9 月 7 日，在长沙县北山镇茂盛园与著名书法家杨炳南（中）、陈志明（左一）合影

2023 年 9 月 10 日，在贵阳云山居所与恩师周笃文、诗友覃务波（右三）等人合影

谭柏生（前排中）儿时与父母、兄弟合影

跋

感恩遇见

只消如所见，不必问何缘。

承蒙恩师敦促择时结集，虽自觉修为所限，诗作难登雅域，恐有辱斯文，然诗草幸得众高师斧削玉琢，后学之偶得诗外之味，韵外之致。更有良师（杨炳南、杨俊武老师）挚友（谭大庆、彭小沙、龙建新）赐墨宝为小集添彩，是为幸也。谨此一并致以谢忱！

此去天涯逢岁晚，一江春意半江寒。

谭柏生谨记